科幻文学群星榜

华语实力科幻作品
群星奖大满贯

Sci-Fi

重燃

孙望路——著

山东教育出版社

图书在版编目（CIP）数据

重燃 / 孙望路著 . — 济南：山东教育出版社，
2021.7（2021.8 重印）
（科幻文学群星榜）
ISBN 978-7-5701-0564-9

Ⅰ.①重… Ⅱ.①孙… Ⅲ.①幻想小说－中国－当代
Ⅳ.① I247.5

中国版本图书馆 CIP 数据核字（2021）第 062831 号

CHONG RAN

重燃　　　　孙望路　著

主管单位：山东出版传媒股份有限公司
出版发行：山东教育出版社
　　　　　　地址：济南市市中区二环南路 2066 号 4 区 1 号　邮编：250003
　　　　　　电话：（0531）82092600　　　网址：www.sjs.com.cn
印　　刷：三河市冠宏印刷装订有限公司
版　　次：2021 年 7 月第 1 版
印　　次：2021 年 8 月第 2 次印刷
开　　本：880 mm × 1300 mm　1/32
印　　张：8
印　　数：10001－13000
字　　数：188 千
定　　价：32.80 元

（如印装质量有问题，请与印刷厂联系调换）
印厂电话：0316-3655888

总　序

想象新时代

《科幻文学群星榜》是由中国科普作家协会科幻专业委员会联合其他科幻组织，共同推出的一套科幻书系。这是一个规模庞大的工程，目前来看也是独一无二的工程，基本囊括了中华人民共和国成立以来老中青几代具有代表性的科幻作家的佳作。这些作家以年龄看，最早的是20世纪20年代出生的，最晚的是"90后"。

这套书系的出版，恰逢中华民族实现第一个百年目标——全面建成小康社会。因此，它呈现了百年未有之变局中，中国人对一个崭新时代的想象。随后陆续推出的作品，还将伴随中国迈进基本实现现代化的伟大进程。

科幻文学作为一种年轻的文学品类，本身就是现代化的产物。1818年，世界上第一部科幻小说《弗兰肯斯坦》诞生在第一个实现产业革命的国家——英国。此后科幻文学在法国、美国、日本等工业化国家繁荣起来，进入蓬勃发展的黄金时代。科幻作品反映着科技时代人类社会的变迁和走向，反思当代人类面临的多重困境，力图打破所谓世界末日的预言，最终描绘出一个五彩斑斓、生机勃勃的新未来。

如今，地球上正在发生的最具"科幻色彩"的事件之一，便是中国的崛起。这个进程不仅改变了这个文明古国的命运，也影响着全人类的走向。中国奇迹般地成了拉动世界经济增长的有力引擎。人类历史上首次十亿以上人口的国家将要集体迈入现代化的门槛。中国科幻文学正是中华民族伟大复兴进程的见证者、参与者与推动者。

早在20世纪初，中国的一些有识之士便把科幻作品译介进来，掀起了第一次科幻热潮。它承载起"导中国人群以行进""改变中国人的梦"的使命。20世纪50-60年代，随着中国自己的工业和科技体系的建立，科幻作家们以满腔热情擘画了一个欣欣向荣的新世界。1978年改革开放后，中国再次向现代化进军，科幻迎来新的勃兴。作家们满怀豪情地书写科学技术为实现现代化、为谋求人民的幸福生活所创造出的神奇美景。进入21世纪，尤其是随着新时代的来临，这个文学门类也进入成长的新阶段。随着《三体》等作品的问世，中国科幻迎来了新一轮热潮。作家们描绘着古老的中华民族在实现全面小康和建成现代化强国的过程中所面临的新机遇、新挑战，谱写着中国走向世界、步入太阳系舞台中央并参与宇宙演化的新篇章。

科幻文学的发展折射着中国国运的巨大变迁。当今，海内外不同领域的人们对中国的科幻文学的空前关注，实际上是关注中国的未来，关注世界第二大经济体将如何持续演进，关注14亿人的创造力将怎样影响乃至重塑这个星球。从现实意义上来说，这套书系不但包含这些丰厚的信息，而且集中梳理了新中国科幻文学取得的辉煌成就，整理出新中国科幻文学发展的宽阔脉络；从一个特殊的侧面，还反映了中华民族从站起来、富起来到强起来的进程，见证中国走向更加灿烂辉煌的未来。

这套书系具有以下三个特点：

一是权威性。它由中国科普作家协会科幻专业委员会主持编选，并与国内多个科幻组织合作，其中包括得到了中国科普作家协会科学文艺专业委员会、科幻世界杂志社、南方科技大学科学与人类想象力研究中心、未来事务管理局、八光分文化、重庆钓鱼城科幻中心等的鼎力相助。编者从中华人民共和国成立以来的海量科幻文学作品中，精选出足以体现时代特征的作品。收入书系的作者，涵盖了雨果奖、银河奖、星云奖、晨星奖、光年奖、未来科幻大师奖、引力奖、水滴奖、冷湖奖、原石奖、坐标奖、星空奖等中外各类科幻大奖的获得者。

二是系统性。它收集了中华人民共和国成立以来不同时期作家的代表作。作者中有新中国科幻奠基者和老一代作家如郑文光、童恩正、萧建亨、刘兴诗、潘家铮、金涛、程嘉梓、张静等，也有改革开放后崛起的新生代作家刘慈欣、王晋康、何夕、韩松、星河、杨鹏、杨平、刘维佳、赵海虹、凌晨、潘海天、万象峰年等，以及以"80后"为主体的更新代作家陈楸帆、飞氘、江波、迟卉、宝树、张冉、程婧波、罗隆翔、七月、长铗、梁清散、拉拉、陈茜等，还有在21世纪崛起的全新代作家杨晚晴、刘洋、双翅目、石黑曜、王诺诺、孙望路、滕野、阿缺、顾适等，从而构成比较完整而连续的新中国科幻光谱，是对中国科幻文学发展历史的一次系统检阅。

三是丰富性。它比较全面地展现了广域时空中新中国的科幻生态和创作风格。这里面既有科普型的，也有偏重文学意象的；既有以自然科学为主体的核心科幻，也有侧重社会现象的"软"科幻；既有代表科幻未来主义的，也有反映科幻现实主义的；既有传统风格的写法，也有实验性质的探索。作品的主题涵盖了中国科技、社会、文化和民生的热点。从中可以看到，一个曾经积弱的民族，如今正活跃在地球内外、大洋上下、宇宙太空、虚拟世界、纳米单元、时间航线、大脑意识等各个空间。这里有中国政府和人民引领抗击全球灾难的描述，有脱贫的中国农民以新姿态迈出太阳系的故事，也有星际飞船和机器人在银河系中奏唱国际歌的传奇。

这套书系力求构建起一个灿烂的星空，并以此映射人们敏感而多样的心灵。爱因斯坦说，想象力比知识更重要。科幻是相伴人类发展进步而产生的新兴事物，是一个民族想象力的集中反映，是科技创新的艺术表达，在人们面前呈现出一幅幅奔向明天、憧憬和创建未来的美好画卷。许许多多杰出的科学家、工程师和企业家，在年轻时就受到科幻文学的熏陶和影响，因此走上了创造神奇新世界的道路。中国正在稳步建设创新型国家，需要更多富有创造力的人才脱颖而出。科幻文学也肩负着实现中国梦的责任，在点燃青少年科学梦想、激发民族想象力和创造力方面，起着不可或缺的作用。

这套书系将为广大读者尤其是年轻人打开中国科幻和未来世界的门户，有助于人们拓宽视野、开阔思想、激发灵感、探索未知、明达见识。它也将进一步促进中外科幻、科技、文化和文明的交流，为人类的共同发展做出中国的一份独特贡献。

中国科普作家协会科幻专业委员会

2020年10月1日

创作谈

虽然很想上来直接便谈谈科幻小说创作，但是无奈我自认为在国内科幻作者中间，我的作品不算多，名气也不大，所以自我介绍就变得必不可少了。

我于1992年生于江苏徐州，但实际上是个南通人。我是北京科技大学土木工程专业的硕士，夜星科幻爱好者协会核心成员。作为一名从高校走出来的作者，我已有多部作品获奖或出版。其中比较重要的有长篇科幻小说《北极往事》，这篇小说让我荣获了第三届全国大学生"科联奖"科幻长篇小说一等奖。

我出生在江苏徐州柳新镇上的煤矿医院。但毫无疑问，我是一个南通人。这听起来似乎有点割裂，真相是南通人在徐州市开了属于南通的南通煤矿，我的父母都是被分配到那里工作的南通人。由于时代的激荡，我或许自小就能感受到一种割裂。

我在南通长大，小时候大部分时间在外婆、奶奶和妈妈身边轮流转。这意味着，我的生活轨迹总是在城市和乡村之间、不同的交流之间和朋友体系之间转换。在这三个系统之中，我的生态位并不一致，而城乡身份的二重转换也使得我的性格成为两者特质的结合体。大概是城市生活最终取代了我生命中的乡村生活，所以我对那句"田园时代结束了"印象深刻。

因为我曾经见证过田园时代的终结，经历过在"钢铁丛林"中的不适，和再也无法返回乡村的乡愁。

可能是受到家族女性亲戚的影响较多，我的性格比较内敛，某种程度上算得上"文质彬彬、静若处子"。这种结果造成了我在人际交往中往往并不主动，比起交流，我可能更擅长观察。除此之外，早年安静内敛的性格也使我能看得下去书，在小学时代就积累了不少原素材。

事实上，生活确实在越变越好。大概和我同龄的"90后"们都能明显地感觉到生活的变化，城市的边界在加快扩张，电脑在普及，房子在变大，收入的数字也好像越来越夸张。对于自我的认知也在其中不断快速转变，认知和实际的落差往往再次造成割裂。

世界在越变越好，但我并不一定是那样。高中时，体弱多病的我想着，如果有一个方法能帮我逃避身体上的痛苦以及减轻我因为学习成绩下降带来的心理落差，那再好不过了。过去的认知和新的事实给我带来了割裂感。

我想找个地方逃避，把自己构思的一个庞大的故事写下来。故事里的主角并不是被动地接受世界的那个人，他永远都做得比我好，我所体会到的割裂感不会在他那里存在。就这样，我开始在学校发的作业本上，一笔一画地书写世界。同时我也为世界加上了一层虚拟的滤镜，仿佛作为观察者的我并不真正活在世界上一样。在我看来，大部分艺术似乎都是对现实的逃避，起码对于我来说，是这样的。

但是理想总归是美好的。幻想的架空世界所需要的资源和知识是海量的，而且怎么凭空搭建出一个合理的世界需要更多的方法论。在接下来的高中和大学生活中，我每个学期都会固定将一些时间花在这件事情上。

当然，由于一下子期望过高，步子跨得过大，那个恢宏的原创世界崩塌了。它没能从纸上走到电脑上，再从电脑上走到你们的面前。这个过程需要跨越的艰难险阻是我后来才能认识清楚的。但是谁让我年轻呢，年轻人总归都有梦，都认为自己的想法独一无二。

问题是然后该怎么办？我并不鼓励长期不加思考地重复同一件事情，因为如果这样做真的卓有成效，那你应该很早就不会有任何疑惑了。本质上来说，文学是一种以个人之力打造的具有个人特质的产品。这种特质之强，往往是其他任何类型的媒介都无法比拟的。我的特质是什么？我到底适合写什么？这是会长期困扰任何一个创作新手的重要问题。而为了回答这个问题，我，或者说未来的你，必须去不断尝试。

不要期待随心所欲地写作就能成功，我不否认确实存在那样的天才，但前面说了，文学的本质仍然是一种产品，它仍然需要相对应的消费者。而一旦有了消费者，产品就必然会有某种程度上的定式。这种定式倒不一定会限制创作，它只是一种基础规则，告诉你该怎么让你的作品更加容易受到欢迎。

这些东西，有的很复杂，有的很简单，但都需要弄清楚。最基本的就是查看各类论坛，里面对于新人如何开始投稿的教程绝对比我说的要详细。如果不相信他们说的话，没问题，我们可以尝试。要感谢这个时代，因为大多数尝试还是会有反馈的，它会告诉你真相。思考真相，发现认知里的误区，然后调整方向。好了，面前又是新的挑战，启程吧。

我曾经经历过很大的方向性调整，当然我相信，我现在依旧在调整的路上。第三届全国大学生"科联奖"对我来说意义非凡，是因为它验证了两方面的结论：第一方面，那是我第一次依靠写东西赚钱，不可否认，长期用爱发电必然会令人沮丧，因为传统意义上的成就感实际上比赚钱这件事情阈值高得多；第二方面，我验证了及时调整方向的方法论是对的，在那个时刻，我选择了写科幻小说，而且学会了在创作中去掉二次元的表达风格，缩短无意义的情节和呓语式的个人发泄，多渲染氛围。

我犯了很多的错误，甚至在人生中反反复复犯相似的错误。在创作上，这并不奇怪。因为在真正成功之前，一个人的创作观永远是不成熟的，永远存在迭代的空间。而对于很多人来说，真正承认自己存在不足，是前期最难做到的事情。放下无意义的骄傲，开始动笔写吧，这才是最重要的。

毫无疑问，我只在科幻小说创作方面取得了比较显眼的成功。确实，从审美和风格调性上，我估计也只有科幻小说能大范围地兼容我的所思所想。但本质上来讲，我不同于传统的，以科幻迷身份开始科幻小说创作的作者。我最多只能算是泛科幻迷，虽然很喜欢《三体》等科幻作品，但奇幻和其他更为写实的小说也总是能打动我。我现在的追求已经不是逃避人生了，因为写作已经是我人生的一部分了。我真实的追求，只是想写故事并让人看到，以实现我的人生价值，科幻小说恰好是我最擅长的方面。

很多写作者和我情况或许相当一致，这也是为何我强调调整的重要性。转换到另一种类型文学或许是对该类型文学的背叛，但绝对不是作者对自己的背叛。深知这一点，或许你能在探索自己的文学之路上走得更远。

写到这里，我几乎快忘了我是一个科幻小说作者了。

说起来，科幻小说的写作和其他类型的写作可能还是有一点点不一样的。如果按照目前比较高的对科幻的定义，比如《科幻世界》对于技术弧光的定义，要求文中的技术发生变化，且变化对剧情产生巨大影响。可以说，这种类型的、略微严肃一点的科幻小说还是比较难创作的。比较好创作的方向一般已有人写过，当你写出来之后很可能会被别人联想到某个作品。

如果致力于这种类型的科幻小说，或者硬科幻小说的写作，那么作者必须要有大量的知识积累。如果知识积累和古代历史有关，那大概率就是古风科幻小说，我们可以看到近些年来也出现过演绎古代故事的各类科幻作品。而如果你恰好是医学生，那恭喜你，首先你比一般人距离生死更近，另一方面你被灌输了巨量的生物学知识，这都将使你的思考更加接近生命本质。至于语言学和心理学，这些门类也都大热过，我就不一一诉说了。

如果仅仅认为，积累是方便作者从脑海中调取用于包装科幻小说的点子，那就大错特错了。实际上知识积累还有一个更重要的功用，那就是联想。很多很精彩的点子都是联想出来的，这大概正是科幻最奇妙的地方。或许只是个新闻，只是个弹窗广告，又或者只是个现象，但是科幻作者往往能从其中联想到未来的可能性。虽然他们大多数仅仅只是表达一种担忧。

但为了创作，这些可都是再好不过的素材。

至于有了这些之后该如何开始写科幻小说，我想这个问题有一系列的专业写作书籍可以回答。只是，有的时候理论不会让你写得更好，它只是让你脑海中出现一点新的方法论，至于怎样调整和适应，那就是你在漫长的创作生涯中需要做的事情了。

写作是暗无天日的。我没有直接引用原话，因为原话中带有对生命不尊重的词汇。我想说的是，创作作为一种个人劳动，它所带来的孤独感是很强烈的。因为认可只会在写完之后到来，而且无法永远那么直接和持续。这一点上，网文的模式或许在对作者的反馈上远强于其他大多数形式的创作。但是我无法推崇那种方式。

　　因为无论采用何种方法论，无论如何让作品变得更容易受到欢迎，作品仍然是带有强烈个人印迹的东西。我们不该被读者的舆论绑架，不应该去迎合和委曲求全。换句话说，你只是写了一部有个人色彩的小说，在它被大量读者看到之前，你其实无法判断他们到底是否喜欢这里面的个人要素。这大概就是创作者总会产生孤独感的根源。

　　作为一名仍然不算成熟的作者，我只能告诉自己：相信自己，走下去。

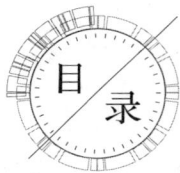

目 / 录

Catalogue

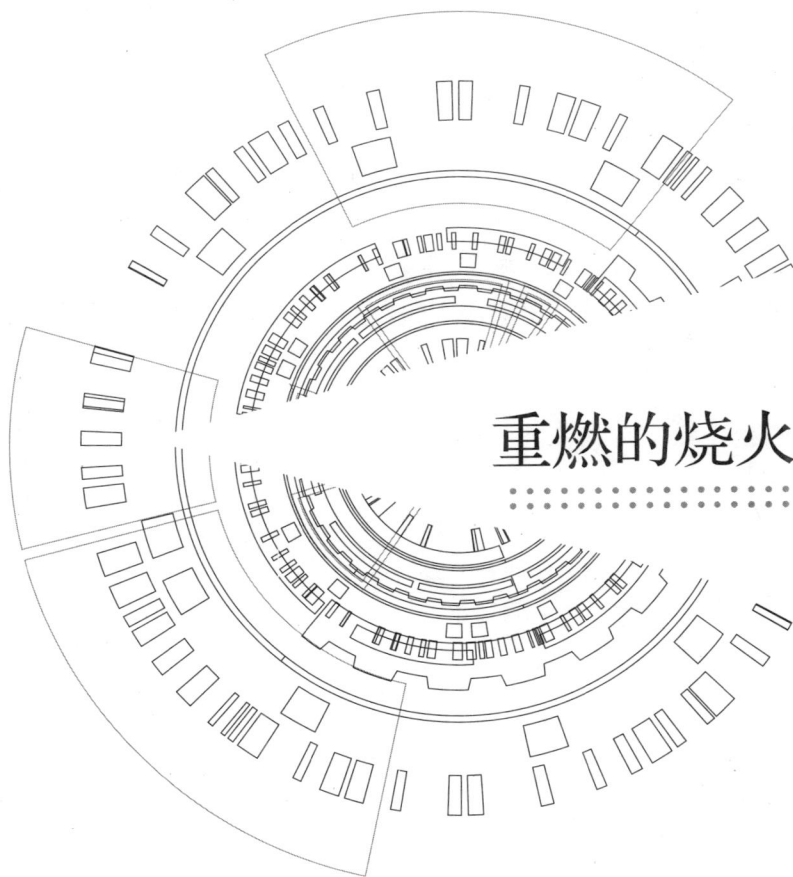

重燃的烧火

当我终于赶到老家时，大年初一早已经过了，我将将赶上最后一次家庭聚餐。

但是家里的老人们并没有沮丧。按照父亲的说法，我和今年迟到的候鸟们一样，带来的是确定的好消息。"感觉总算担忧到头了，接下来就是你们小两口好好过日子了。"父亲总结道。

"爸，只是见家长，还没结婚呢？"

"快了，快了。你妈和我这悬着的心落下来了。"父亲略带寂寥地说，"等你们生了孩子没空带，我们就去帮你。你们工作都忙，也不指望你们回来看我们。这嫁出去的儿子，泼出去的水。"

"嗯……"

父亲的轿车拐进乡间小路，无边无际的农田映入眼帘。各家的田垄被有意识地拆除了，于是除了几栋突兀的住宅之外，大片大片的麦田连成了一片，麦苗们远看就好像足球场上的草皮一般平整。我摇下窗户，空气中缺少了农家肥的气味，却多了一些机械的油味。

父亲告诉我，现在种田都自动化了，各家的田不用自己种，由大队统一用机械组织生产。而一年之前，在这里我只能看到大片抛荒的土地。

就在我感慨的时候，父亲的车停了下来。我从车里钻了出来，和聚集在大伯家里准备吃午饭的各路亲戚们打招呼。我对着食物狼吞虎咽，然后一如既往地在他们问我各种问题之前宣称吃饱了。溜下饭桌的我给女友发了信息，告诉她我已平安回到老家。

父亲习惯了我的做法，他甚至都没有谴责我。我和更年轻的一辈，都懒得遵守传统。

父亲对正陪着侄子、侄女打游戏的我说："对了，儿子，你知道那个萝卜头儿怎么买吗？"

"弱伯头儿？萝卜头儿？"我对父亲混合了南通话和如东话的方言感到绝望。

"不是萝卜，就是那个弱伯头儿！"

我反应了半天，才隐隐约约地感觉父亲说的是英文："你是说robot？机器人？"

父亲喜笑颜开："对对对，就是那个弱伯头儿，M开头的那款，一定要买带蓝色标志的。"

"行啦行啦，带蓝色标志的。蓝瓶的钙，好喝的钙。"我满口答应，还顺便调侃一番，"什么时候要用？你让我买机器人，这还真是太阳从西边出来了。"

"送年礼啊，我刚想起来我答应过钟伯。"

"钟伯啊。"

"你记得他是谁吧？"

"钟爷爷，就是我婴儿时照顾过我的那个，你刚工作时带你的师父。"我没好气地说，因为父亲每年都要强调一遍，我耳朵都快出老茧了。

"知道见面该叫什么吗？"

"叫爷爷。"我把问题拉了回去，"所以到底什么时候用？现在买有点来不及了吧？"

"你先看看什么时候能到，晚点也没关系。"

我打开手机，搜索了父亲所说的机器人。M开头的那款，是一种以医疗护理为主功能的机器人，送给老人确实很有用。至于所谓的蓝标，我仔细搜索之后才发现，那其实是某家大经销商生产的改版机器人。同样的硬件设施，却安装了不同的软件。

春节没有快递员上班，而且物流只能送到镇上，到这边最早也得初十。好在我父亲早已退休，而我的新工作还没确定，有的是时间等待。在那之前，父亲执意先拜访一下钟爷爷，先送些水果、点心等年礼。

钟爷爷的家距离我们的住处并不远。我们到达时，出来迎接的是一个穿着衣服的机器人。眼尖的我立马就认出来它正是我要买的那种。它打开门，指引着父亲停车。

难道已经有人捷足先登？

我想到父亲偶尔想给家里添置东西的表现，心想我可能被套路了。

"就是那种，要买一模一样的。"父亲强调道。

"我知道，订单都下了。"

钟爷爷的房子显得有些冷清，虽然家具、电器等都打扫得挺干净的，但是总感觉没有人气。

机器人给我们拿来茶杯，为每个人都沏了一杯茶。我左顾右盼，心想正主怎么还没来。

父亲问机器人："你啊爸爸个在嘎里啊？"

"啊爸爸在嘿里，等一刻儿就来。"机器人居然用土话回答道，"我去造他！"

比起机器人会说土话这个问题，我更关心父亲对机器人的称呼。我疑问道："你把它当钟爷爷的儿子？"

"是的。"爸爸压低了声音，"一会儿你别大惊小怪的。"

"已经很惊了。去年那个叔叔呢？"

"生病去世了，你一会儿千万别提。"

"啊……"

就在我感叹世事无常的时候，钟爷爷从后院出来了。他穿着一身浅灰色的衣服，戴着电视剧里军人才会戴的帽子，看起来就像是从革命剧里穿越来的人。他的精神状态看起来远比去年好得多，脸上不知道是因为受冻还是因为劳动出汗而发红。父亲细问才知道，他刚刚在后院劈木柴。

"我去洗个手。"钟爷爷看到父亲很开心，急忙去洗了手。然后他从箱子里拿出一个大苹果，要削给我吃。

父亲和我托词说刚刚吃过，喝茶就行。可是钟爷爷并没有停止手上的活计，他把苹果削了皮，又小心地切成一块块儿的，摆在机器人面前的盘子里。

"来来，多吃点，长身体。"钟爷爷对着机器人，慈祥地笑了。

父亲狠狠地掐了我一下，这让我注意到之前自己的表情管理是有多糟糕。眼下，我只有努力接受现状，我面前坐着的这个机器人，是钟爷爷的儿子。我口不择言地问道："他几岁了？"

钟爷爷笑着说："他今年18了。对了，有叫人吗？"

机器人左右摇头。

钟爷爷拉着机器人的手，温柔地说："这位是你孙伯伯，这位是哥哥。下次记得叫人。"

"孙伯伯好，哥哥好！"机器人颇为热情地打招呼，搞得我们都怪不好意思的。

我只好说："弟弟好！"

钟爷爷对着我说："我家这娃儿学习不好，没大学要。你是大学生，以后分配工作了多带带他。"

"一定，一定。"我解释道，"可现在不分配工作……"

"咳咳，他的意思是现在他工作分配完了，不用再烦心了。"父亲再次打断我，"我家这个可能过一两年就结婚了，然后没几年又会有下一代。"

"爸，没谱的事情你瞎说什么。"

"到时候我包个大红包！"钟爷爷笑道，"年轻人成家都很快的，我这浑小子说不定哪天带个儿媳妇回来。只要组织同意，我这边都没有问题。"

担心说错话的我成了复读机，后面的回答基本上只有"嗯""哦""是的""对的"这几种选项，辅以不断地喝水掩饰尴尬。

经过一个半小时的长谈之后，我终于如获大赦，在田边解决了膀胱里的重大问题。

可是，我依旧没能从刚刚的冲击中缓回来。父亲有着我难以想象的镇定，显然他并不是第一次遇到这事。

他说："这是钟伯儿子生前给钟伯买的，现在用来陪老人挺好的。"

"是挺好的。可你不觉得钟爷爷这儿有点问题？"我指了指太阳穴。

爸爸叹了一口气："那有什么办法，他大女儿全家移民了，唯一的儿子离异，去年又生病去世了。起码现在钟伯看起来精神头不错，去年这时候他还时常躺在病床上呢。对，他确实是把'萝卜头儿'当儿子了。整个人的生活状态也好像回到了几十年前。我上次来探望他的时候，他在听《东方红》，还在门口跳忠字舞呢！"

"那机器人呢？"

"跟着跳呗。"爸爸意味深长地说，"这小东西厉害得很，土话都能学，什么事情教一遍就会，还特别听话，可比你省心多了。"

"太让人吃惊了，没想到这东西会被他接纳。"

父亲一副少见多怪的样子："你知道啥？钟伯这边的机器人还算比较正常的。我带你去看个厉害的。"

他猛地一打方向盘，老旧的轿车在乡间的水泥路上发出悲鸣。在一间平房的门口，车停了下来。

我对这间平房有着依稀的印象，它似乎是我某位伯母家里的亲戚的房子。但是我家和这家人关系太远，几年都不一定见得到一面。我有印象的是，母亲曾经提到过这家人搬到上海了。

门口晒着被子，大门敞开着，里面似乎还有人居住。我们走到门口，父亲喊道："有人吗？"

回答声从后面的院子里传来，父亲拉着我就往里面走。

我们找到了声音的来源，那个机器人正在喂山羊。它的旁边跟着一个一模一样的机器人。我们简单地寒暄了一下，看得出，父亲是把它当人来看的。

"它这是要干吗？"

"挤羊奶。"父亲回答道，"你小时候喝过的。"

"鬼才记得。"

就在我们说话间，喂羊的机器人开始挤羊奶了，它的动作非常熟练，而且还边挤奶边教另外一个机器人。那个机器人模仿着动作，双手凭空运动着。

父亲告诉我说，上次他来的时候，这个机器人在教另一个机器人怎么除田间的杂草，虽然现在的田里很少有杂草了。

"这家里没有真人了吗？"

"一家都搬走了，就剩下它们了。"父亲阐述着事实，语气平直。

"机器人在教机器人，这才是最恐怖的事情。"

"是啊。"父亲无奈道，"但是这样也好，要不然这一带全是一栋栋的空房子。机器人也算人，起码还有点人气。你大伯说今年村委会换届照例通过投票进行选举，来了一大堆机器人，他们也投了票，虽然村里的人没把它们的票算在内。"

"为什么？"我比较好奇理由。

"它们写的候选人，是前任村长，他今年刚刚搬到城里找儿子儿媳去了，所以那些票都是无效票。"

听罢，我反倒放心了一点儿，起码这些机器人并没有太高的智慧。它们所做的是一种模仿，模仿主人还在时候的样子，即便是教育同样是机器人的后辈，它们也只是在模仿主人教育自己时的行为。不过，从另外一个角度说，它们是村庄的继承者，也许在人类相继远离村庄之后，它们还会留下来继续生活。

两位机器人热情地招待了我和父亲，它们把羊奶作为礼物送给我们。父亲收下礼物，然后口头邀请它们来家里打牌，它们答应了。它们待人处世的方式似乎与老一代并没有不同。

在回去的路上，我反复地思考着相关的问题，便问父亲："可是，为什么还要送钟爷爷机器人呢？"

"说你笨，还真是。出去说话做事多察言观色，要不然混不出头的。钟伯他和我一样，都想抱孙子啊！再买一个机器人送过去，他把它当孙子那就是孙子，当成是儿媳的话，大不了过几年再送个'孙子'去。"父亲适时地又催促了我一番。

我恍然大悟，果然姜还是老的辣。有了前面的经历，我感觉路边的风景变得意义非凡，在农田喷洒肥料的机械和那些不起眼的机器人都变得分外扎眼。村民们会和机器人打招呼，老太太们甚至会和它们攀谈。他们似乎早就接受了作为邻居的它们。

我总认为农民是保守的，但在接受新技术方面，他们似乎并不比我们慢多少，而在伦理方面，他们甚至比我们这些充满傲慢和偏见的城里人更加直接先进。如果不是回家，我甚至意识不到世界产生了多大的变化。

在等物流的那些天里，我在家只有一个任务——陪父亲和他的牌友们打牌。南通长牌是一种类似麻将的纸牌，我也是几年前才搞清楚到底怎么玩。以前常和父亲打通宵的牌友走了一位，于是我偶尔会替补上来。在我预料之中，父亲邀请了好几位机器人，他还能在见到机器人的第一时间叫出那些机器人的名字。

我很好奇父亲是怎么分清楚哪个机器人是哪家的，毕竟它们真的长得一模一样。

父亲说："看衣服和补丁，不同人家的不太一样。你过段时间就能分清楚了。"

我本着为李世石、柯洁等众多败在人工智能手下的人类复仇的心思，自告奋勇地和三个机器人打一桌牌。结果，除了我轮空的那一把，我连续赢了三把。

我发现，这些机器人并不是那么聪明，它们打牌似乎有固定的风格。我环视四周，看到有个被认为是后辈的机器人正在其他人后面看牌。我相信，它们是在模仿。

如果父亲坐在我的位置，他说不定能猜出来哪个机器人继承了谁的牌风。

打着打着，人们失去了时间的概念。天渐渐黑了下来，众人又吃了一顿晚饭。按照某种传统，在主人家的提议下，大家会留下来继续打牌，牌局将持续到第二天下午。反正大过年的人们都没事，屋子里的床铺也足够。

我继续在有机器人的牌桌上大杀四方。就在时钟指向九点报时的时候，我对面的机器人突然放下了牌，说："等一下。"

我还差一张牌就和了，转头看它干什么。

那个机器人走到正在看牌的机器人旁边，吩咐道："9点了，去洗屁股、洗脚，洗完去睡觉。"

被吩咐的机器人从包里掏出来一条毛巾，走向洗澡间。

我很想照镜子确定一下自己的表情。年幼时，在每个我想偷懒的晚上，父亲同样的话语都会在我耳边回荡，他会不厌其烦地反复催促我。这是睡觉前的必要仪式。

如果某个人在大学有一个南通室友，他很可能会在刚开学时就发现这位南通室友有天天洗屁股、洗脚的习惯。请珍惜这样的南通人，不要好奇地围观。毕竟我就是在"享受"了宿舍5个人共同围观的待遇之后，彻底放弃了南通人独有的传统。

我突然发现，在外面待得越久，我身上属于南通人的特性就越少，先是习惯，然后是口音，最后是思考方式。而机器人却远比我们这些见异思迁的家伙更忠诚于传统。它们甚至带来了某种程度上的复兴。

村庄在复兴，虽然不是以我期待的方式。几天的相处，我开始习惯它们的存在，但是偶尔还是会有点膈应。从语言到生活习惯上，它们比我更像是这里的人。

在我看得到的地方，那些古老的习俗正在复苏，毕竟每个教育它们的人，都在怀念着过去，怀念着属于他们的时代。而这些机器人，是让他们回到那个时代的最好道具，或者说是表演者。

父亲问："票定了吗？"

"定了，正月十六。"

"那我们元宵节那天去市区吧，你几个伯伯、哥哥和姐姐都在市区，大家一起吃饭，热闹点儿。"

确定了离开的日期，我和父亲打算元宵节当天把新到的机器人送到钟爷爷家。

"孙伯伯好，哥哥好。"果然，钟爷爷家的机器人记住了教导，一看到我们就打招呼。

收到新机器人的钟爷爷高兴得就像一个大孩子，他兴奋得手舞足蹈，就差对我们又亲又抱了。他对我们说要亲自下厨让我们干脆留下来吃晚饭。

"不了，我们约好了去市区吃饭。"

钟爷爷惋惜道："有点可惜啊，那多玩会儿再走呗。"

新买的机器人就像是一张白纸，这次教导它的人里面多了一个机器人。在我们离开之前，新的机器人已经会用土话叫爸爸、爷爷、伯伯了。

天早早地开始变暗，我们回市区并不急在这一两个小时。父亲和钟爷爷也说得有点累了。宾主尽欢，应该是我们离开的时候了。

在倒车的时候，我看到钟爷爷从后院拿出几个扎起来的稻草把。他和机器人捧着稻草把来到田垄上。只见钟爷爷拿出打火机，点着了稻草把。他挥舞着半着半不着的稻草把，沿着田间奔跑。两个机器人有样学样，于是我们远远地看到三把火在田间翻飞。

"他们在干什么？"

"放烧火。"父亲停下了动作，他也觉得很惊奇。

"这样不危险吗？万一点着了干草怎么办？"我从未知晓这种风俗，在之前的元宵节里，我大多在城里度过。我查了一下，大概知道这是一种风俗，可能是为了纪念当年曹将军①"放哨火"打跑倭寇，也可能仅仅是为了除虫。

父亲没有回答，摇下了车窗。

"正月半！二月半！家家户户放烧火！别人家的菜长得铜钱大！我家的菜像管篮大……"钟爷爷叫喊着，他说一句机器人就跟着说一句。他们的声音沙哑而兴奋，脸上有着城里人没有的欢愉，不带一丝虚伪。

仿佛受到了感召一般，父亲下了车，冲向后院，他的身体都轻快了很多。等他出来的时候，手上也多了一个稻草把，另一只手臂下还夹着一大堆稻草。父亲加入了他们，虽然他们手中的稻草快烧完了，可是如今这片土地，最不缺的东西就是草。他们在中间点着了草堆，动作看上去更像是围着火堆舞蹈。

于是，就像传染一样，我看到附近的田间都开始亮起了火光。那些星星点点的火光在田里面闪耀着，传递着，沿着已经不存在的田垄奔跑着，延伸到我看不到的远方。它们的数量太多了，就好像把星空搬到了地面上。

广播响了，村镇里面的值班人在说话，让人们停止做有火灾隐患的行为。但是这样的言语已无法阻止正在进行着的盛大庆典。

那些火光倔强地不愿意退去，继续在田间地头闪耀着，一旦一个消逝了，立马又会有其他火光补上去。村庄里的人们在捍卫他们的传统，而这种传统，似乎已经消失了很长一段时间。在烈火中重生的传统正在找回它应有的位置。

唯一让我不快的是，我无法理解这种感召。我没有相似的童年，因而只能远远观望。看着父亲和钟爷爷，格格不入的我陷入了深思。

或许，我需要下一个新订单了。

---

① 曹将军是南通人对这位民族英雄的尊称，其原名为曹顶，明朝嘉靖年间通州余西人，在一次倭寇来犯时，奋勇杀敌，英勇战死。

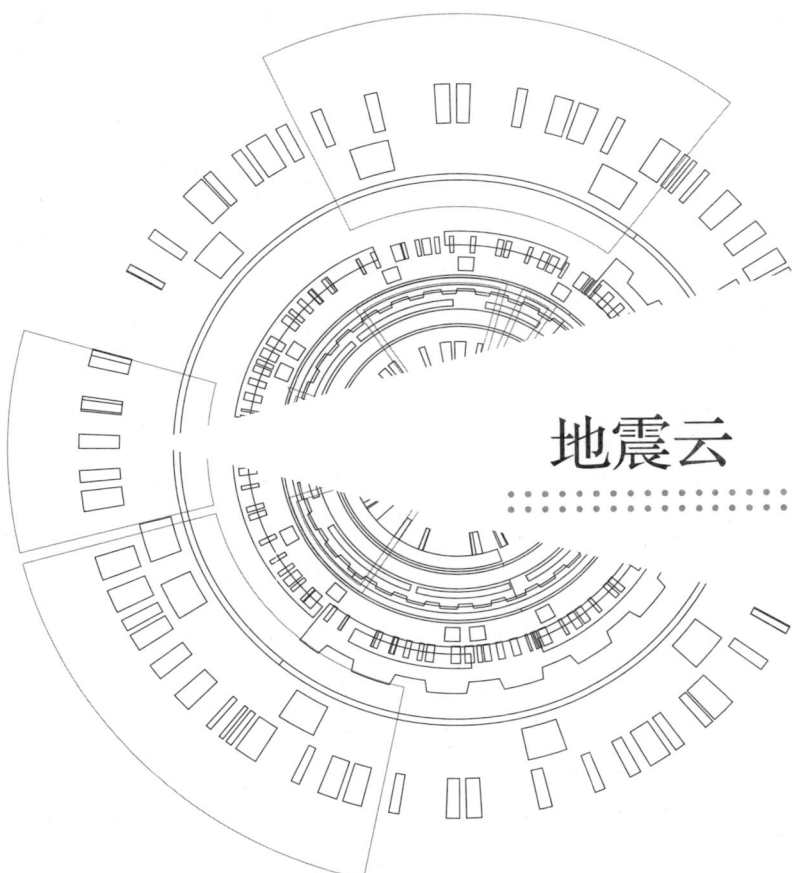

地震云

序幕

　　这是我离死亡最近的一刻。只要翻过栏杆，我就能从十楼一跃而下，结束自己的生命。

　　我跨坐在栏杆上，临近夜晚的风让人神清气爽。只要我松开手，就能在此刻拥抱干脆的死亡，一切苦痛和烦恼都会随风而去。

　　当然，有位矮胖大叔跟了上来，想要阻止我。他和我的距离在20米以上，不可能来得及。

　　就在这时，大楼突然开始摇晃。我感觉在一瞬间，大楼往一个方向倾斜了一下，然后又抖了两下。

　　"地震了！"我兴奋地喊了起来，双手抓紧了栏杆。竟然是我一直研究不透的地震救了我，大楼恰好往我这边倾斜。我看了眼下面，突然不想死了。

　　大叔趁机跑了过来，把我从栏杆上一把抓了下来，用浓厚的四川口音喊道："不要得！不要得！"

　　我看着他的脸，终于想起刚刚在路上见过他。那时候，我刚刚得知学校开除我学籍的消息，还和导师狠狠吵了一架。我的吼声几乎让半条马路的同学都听见了。

　　我甚至比很多不得不变成硕士毕业的博士还要惨，因为我连硕士文凭都没有。我究竟为了什么而读博呢？我蹉跎了人生最重要的几年，却只得到了一个答案——我不是搞科研的材料。因此，我失去了生的信仰。

也许就是那时他注意到我，尾随了一路，然后试图阻止我自杀。

"你是搞地震的？"他把一张名片塞到我手里，说道，"我叫'奴'牛，'奴'俊义的'奴'，喊我老'奴'就要的。"

就在这时，紧急广播响了，要求快速疏散。原来我想错了，刚刚发生的并不是地震，而是地基因为瞬时沉降突然失稳。因为鞭梢效应，楼顶感觉特别明显。这在喀斯特地貌的分布地区远比地震常见。因为地下水系的侵蚀，基层早就千疮百孔。

我捧着那张名片，思绪万千。

我无比厌恶星期一，并相信大多数人有同感。

清晨的第一束阳光穿透层层阻碍，照射到脸上，把我从沉睡中拽醒。解决掉早饭和家里的各类杂务，我看了下老旧的挂钟，才8点钟。要不是工作性质特殊，我也不可能如此悠闲。

又强迫症一般把卧室收拾一番后，我换好了鞋，出门前回头看了一眼我的家。偌大的房间很空旷，就像我无聊的人生一般。或许我该考虑买点家具，或者干脆引进一个女主人。

呵呵，哪有这么简单？一考虑到后一件事情，我就更加觉得日子活到狗身上去了。身边都是一群神经病不说，出去时介绍自己的工作也是一件超级尴尬的事情。再加上我一个外地人，在本地没亲没故，没房没车，可真是太凄凉了。

刚出门，我习惯性地拿出手机，屏幕上显示出一句"加油，夏帆"，算是自我鼓励。反正在等到公交车之前和之后，我都有大量时间阅读网络小说。就在这时，我发现了一件非常不幸的事情，手机上显示现在已经8点43分了。

我才想起来，几天前挂钟时间慢了不少，但我因为懒，忘了调回来。这破钟我早该让它退休，每过一个多月就会慢大约半小时。

这不是要坏事吗？我赶紧冲向街道，拦住一辆出租车，说要去富林山庄。

司机的表情瞬间严肃了很多。因为富林山庄是一个高档别墅区，一栋别墅起码要一千万，在这座小城市可谓天价。但他又扫了眼我的着装，便放松了下来。因为我的地摊打扮让我看上去不像那么有钱的人，反倒像是跑腿的。

街景快速地向后飞去。我急得不停地看表。司机也没打算和我聊天，反正一路都很顺。

距离9点还差1分钟，我成功赶到了山庄门口。和保安打了个招呼，以前递根烟的工夫没白费，保安立刻认出了我，放了出租车进去。出租车司机按照吩咐把车停在一栋欧式别墅前。我把早就准备好的车费扔给他，然后蹿向别墅。

华丽的别墅门口停放着几辆廉价破旧的电瓶车和自行车，和别墅高大上的形象完全不搭调，就好像猴子戴上王冠一样滑稽。这不用说，肯定是我同事们的了。我看了下手机，只迟到2分钟，还不算严重。

我心怀忐忑地打开门，仿佛要进入另外一个世界一般。

"帆哥，你来啦！"热情欢迎我的是我在这里唯一能顺畅交流的人。他叫许冶钢，看起来很干瘦，皮肤因为某种特殊的皮肤病而显得粗糙，嘴唇似乎因为干燥而皲裂，但我们都知道那是皮肤病的某种表现。

和我那平凡的名字一样，他的名字也相当通俗。"冶钢啊！"我热情地和他击掌，并环顾四周，"今天老板没来？"

"刚刚打电话说了，他上午有生意要谈，组会推到下午。"他另一只手上拿着一本书，标题是《地震云》，是由日本前福冈市市长键田忠三郎所著。

这本书是实验室保有量最大的书籍，起码十个人里有五个人有这本书，与之配套的还有《地震云事迹考》《地震云与量子力学纠缠原理数学解析》《地震云原理》《地震云与地震预测》等等让人哭笑不得的书籍。据说，其中有一本恰好是老板和他人合写的。

当然，我知道老板的办公桌上有一本1981年陕西科学技术出版社出版的《地震云》，放到今天都能当作文物了。说实话，主流学术界都认为地震云是伪科学，但老板还一直虔诚地信仰着。

我松了一口气，瘫坐在华贵的沙发上："早知道我就不用赶了，还是打车过来的。"

"打车票你拿了不，咱们老板说可以报销的。"冶钢提醒我道，然后手里摇晃着六七张打车票。

我觉得只有一两张打车票还好解释，拿出这么多让老板怎么想。我说："你都去了哪里，怎么这么多打车票？"

他把打车票放在我面前，我看到了上面的金额，就没有一张少于一百块的。按照本地的物价推算，他起码打车走了几十公里。

我问他："你是去拜访'老师'了吗？"

"是啊。"他的笑容很纯净，"本来这边就有一些大师我想去拜访，正好能报销，也就没省钱。今天还要谈采购的问题，你打算买什么？"

说实话，我觉得这里已经够棒的了——有钱人才能住到的豪华别墅，一应俱全的办公娱乐设备，厚实的书架，外加很丰富的饮食，说出去足够让大部分标榜工作环境优异的新兴创业公司汗颜。换成一般人到这里，第一反应肯定是拍照片发朋友圈。我其实想不出还缺什么。

他神秘兮兮地凑近我，亮出手机屏幕，上面是一个游戏本。

"这……"我欲言又止。

我才想起来几天前他说想用最高配置的游戏本玩某款游戏。我只能明说："你让老板接受你买一个游戏本？你要用游戏本做研究？"

"不啊，我只是想用来打游戏。"想不到他竟然毫不掩饰。

这群人脑回路就和正常人不一样，我突然想起来。他们有时都懒得掩饰。就算老板再偏爱这群人，也不可能总是满足他们如同儿戏一般的要求。

"打游戏也是研究的一部分。"他拍了拍我的肩膀，以一副过来人的口气教导我，"你不能拘束自己的思想。这里和其他地方不一样，那些研究所和院校的破规矩，我们不需要遵守。"

是啊，那些规矩确实行不通，因为这里有一个脑回路神奇的老板和一群有趣的研究者。他们当中的最高学历者就是我，而我仅仅只是读过一所一般大学的博士，还没能拿到学位就和导师闹掰。

我都不愿意回想那段人生中最昏暗的日子，只是希望多年之后我不会评价现在的境遇是"才出虎穴，又进狼窝"。

"你还没到时，有你的同学打电话过来。"他说道，把我从沉思中拉了回来。

"是谁？"

"自称是校友联络员，想更新一下你的信息。"

"哦，我知道了。"我想到了那位可敬的班长，过去这么多年一直兢兢业业地做着看不到收益的校友联络员。可惜我并不想告诉他我的现状。

这里不正常到说出去就是笑话。虽然我实际上享受着比一般实验室好得多的收入，但总觉得抬不起头，无论是在一般人还是在大学同学的面前。我畏惧和他们聊天。

但是，他直接从微信联系我不就行了，为什么要通过实验室找我呢？我只能想到一种可能性。

总之，我成了一个夹缝人。

老板将在晚饭时到来，和我们共进晚餐。

兼职杂务的研究员铺上了红地毯，他们把适合西式家庭聚餐的长桌摆了出来，餐具一一摆放好。

在我看来，他们的准备就好像是照猫画虎。两个研究者因为刀叉的摆放方向起了争议，一个说刀叉一定是要摆在盘子左右两边，另外一个说刀叉应该平行横放在盘子前面。

他们谁都说服不了对方。一个是从电视上看到的刀叉摆放方式，还有一个是偶尔浏览到了朋友圈。

我一听他们的话头都大了，但假装没事人似的默不作声。

过了一会儿，情况更加复杂了。因为许冶钢也加入了讨论，他说："不一定要遵照西方礼仪啊，咱们在中国，应该按照儒家文化来搞。"

他的话振聋发聩，就像在一堆干草中间点起了一把火，让众人如梦初醒。有人开始说要按照他的魔法仪式来设计；另一个人反驳说不行，应该用他的占卜确定怎么摆放；还有人说应该用量子力学，随便扔一下；最后一个人更奇葩，他说我们应该不上餐具，用神智吃。

"你有本事不吃饭，用神智试试看？"我在内心几乎咆哮出声。

对于唯一能和我交流的许冶钢会卷入讨论，我丝毫不奇怪。早在我刚来这里时，他们就已经把我摧残得不成人形了。想象一下，就算我随便伸个懒腰、做个手势，都会有人给我讲述"儒道释"的知识。

与这群人很难达成共识的。我只能大声喊了一句："停！别吵！别吵！听我说！"结果他们反倒吵得更激烈了。这印证了一个常识——吵架全靠声音大，语速快。

我跑上楼，从办公桌上拿出扩音喇叭。这是我上次采购时买的，当初的购买理由就是为了应对这种时刻。

我说道："都别吵，自己摆自己的不就完了吗？"

"对啊！"众人恍悟。于是，接下来又是一场群魔乱舞。有人说自己不需要叉子，有人说要用两把刀，有人说来罐牙签……

总之，这边的争议我已经无心去干涉了，他们爱怎么样就怎么样吧。

等到他们安分下来，餐桌已经成了一块特殊的艺术品。那些不知道按照何种规则放置的餐具就像天桥上常见的办证小广告，杂乱无章而缺乏美感。只有我的桌子上很正常地摆放着餐具，反倒显得格格不入。

我本来就和他们不一样，我接受过博士教育，代表着他们一直想挑战但也想寻求认可的科学界。

我对面恰好是那位声称要用神智吃饭的人。他确实没要刀叉，但是要了牙签。我心想：一会儿有你急的时候。

马达轰鸣，魔音灌耳，让每个人都不由得一颤。老板的SUV贯彻了他一贯的暴力美学——大、能烧油、声音有劲儿。

他从后排座位上下来，然后和驾驶员一起打开后备厢，从后备厢里搬出一袋灰不溜秋的水泥。他大吼一句："搞啥子哦，个瓜娃子弄么岑（真沉）。"

老板不会说普通话，浓郁的四川话"十""四"不分。我到现在还记得第一次见面时他的自我介绍。他把一张名片塞到我手里，中气十足地说道："我叫'奴'牛，'奴'俊义的'奴'，喊我老'奴'就要的。"要不是看到名片上写着卢牛，我还真会以为他姓奴。

几个研究员眼疾手快，赶快冲上去帮老板。他们从后备厢里扛出四五袋水泥，就那么直接放在别墅的地板上。因为水泥稍微有点漏，每个人都吃了点灰。我倒是更心疼老卢的车，明明是好几百万的车，却被他用来运水泥，糟践得很。

老卢很高兴地拍拍手，浑圆的小肚子在矮小身材的映衬下异常突出，几乎要撑爆衬衫。他把领带随手一拉一拖，颇为霸气地往桌上一坐。看着堪称百花齐放的餐桌行为艺术，老卢先笑了，饶有兴致："你们这是搞啥子？"

"我们在按自己的理论摆餐具。"不知谁回答道。

老卢扫视了一圈，最后又多看了我一眼，也不知道是赞扬还是批评。他笑了笑，还是表达了赞同："硬是要的！"

他转向我对面的那家伙："'脏'老五，你介是搞啥子牛鬼蛇神哦？"

脏老五其实是张老五，也只有老板这么称呼他，事实上我都没记住他的本名。张老五摆出一副骄傲的样子："神智统一，只要我们能专注修炼神智，就能看到宇宙的终极。我最近参悟神智修炼，发现功力没有增进，才明白是因为吃饭方法不对。"

在众人疑问的眼神中，张老五继续说："我们平常习惯用勺子吃饭，这勺子是铁做的，铁是金，是能够导神的东西。那些电啊之类的，都是神。所以我要练神智，怎么能用这些餐具呢？"

大家伙儿的表情值得玩味，而我只能强忍住笑。这家伙在我面前说他研究清楚神智大一统理论之后要拿诺贝尔奖，到时候大家都上颁奖台，一起乐和乐和。

老卢点头表示认可，但是下一个问题就很实在了："测地震要得吧嘛？"

面对如此现实的问题，张老五的脸色又红又白："能。等到我把神智修炼到极致，我就能认出地震云。"

地震云，我闻言在心里冷笑。早说了，日本和西方学界都认为地震云是伪科学。中国的民间科学爱好者们却对此深信不疑，围绕着地震云发展出了无数荒诞的理论。我虽然跟着鼓掌，但是内心很不屑。

老卢带头鼓掌，这意味着认可了张老五的汇报。于是剩下来的人也按顺序汇报，场面好不热闹。

有说用数学证明了量子力学的新公式的，也有说就快解出困扰人类多年的数学问题的，还有人说出了各种神棍统一论。但只要老卢问他们能不能预测地震，这群家伙大部分都会扯到地震云。

有个人提出了独特的方法，他说所有人都忽略了地下水在地震中的作用，他觉得以后人们应该在地下直接挖空一层，上面浇筑上C150水泥，然后空层里面全部充上水，到时候就不怕地震了。

我没忍住，笑了出来。因为就算是在实验里面，配置标号为C120的水泥就基本达到水泥强度的理论极限了，他竟然还能搞出C150的水泥。

许冶钢的报告独树一帜。他说："我拜访了附近的好几位大师。我现在一直想不清几个小问题。罗浮山隐居的正心大师说可能要收我为徒，要我按照礼仪做拜师礼。"

"唉……"我只能长叹。许冶钢是个单纯善良的人，他根本没意识到自己可能被所谓的大师骗了。据说他到现在都只租住在一间廉价的小房子里，还是在靠近汽车站那片最混乱的地方。他说这是在乱中清修。尽管如此他每月也没能攒下钱。

说着说着，轮到我汇报了。我说："我在为模型写算法程序，代码采用Fortran语言，不过进展比较缓慢。我发现在迭代到达1300次时，整个模型会崩溃。我便在从语言上找漏洞，最后发现，我在执行雅克比迭代法时，忘了对取值做限制……"

我自顾自地说到一半时，才发现他们其实对我说的东西一无所知。除了稍微知道一点的许冶钢外，其他人估计连Fortran是啥都不知道。他们没经过任何的计算方法训练，也不知道迭代方法、计算精度等概念。在他们的观念中，计算就是一种输入公式和数值，然后结果就会出来的方便工具。

　　我知道我要采购啥了，大概需要一台投影仪。虽然我知道，和这群人讲科学道理基本上是对牛弹琴。

　　在说完之后，我突然发现，我好像低估他们了。虽然他们并不明白我所说的话中的含义，但是对计算产生了巨大的兴趣。

　　张老五要让我帮他写个神智大一统计算模型，那些想证明数学定理的，问我可不可以写模型帮他们证明推导的正确。

　　也就许冶钢对我说的东西不感兴趣，默默地对盘子里的蔬菜挥动刀叉。我又一次发现，只有他的盘子里面没有肉食，甚至没有葱姜蒜。我想起他和我说过，他不能吃肉食，就算是所谓的"五荤五腥"也不行。

　　我只好急忙解释，模型有多么难建立，算法多么难写，然后告诉他们运算就是暴力破解，对证明数学推理其实没一点帮助。

　　老卢两眼直愣愣地盯着我，他直接站了起来，双手撑着桌子："好久能搞完？"

　　"一个月吧。"我不太确定地说道。

　　"好，可以！"他使劲鼓掌，其他人也跟着拍。我一阵恍惚，这情景似曾相识，只不过得到他们的赞同我其实并不开心。我开始后悔为什么没说远一点，反正这件事情肯定做不成功。我要的只是在这里混点工资罢了。

　　晚宴在汇报中慢慢进行到报账和采购申请环节。其实，边吃边汇报比早晨例会好得多，起码我可以专注于吃东西，不用听那些乱七八糟的"民科"理论。

　　申报环节到来了，我才发现我的想象力根本跟不上他们的脚步。五花八门的东西被提出来，有皮鞭、小说、弓箭、瓷器、手办、木质饭碗，还有可以让人在里面旋转的大圆环、拥有放射性的陨石、非转基因五谷作物的种子……

而我只好说要买投影仪，以后大家汇报可以做PPT放出来，要不然光嘴上说听不懂。大学里面都是这样弄的。

老卢一听觉得有道理，但大家都对我使眼色。我清楚他们中的很多人电脑水平仅限于开机装游戏，或者他们想说的东西做成PPT会更加尴尬。

就在这时，老卢发话了："那就算咯，把大学那套照搬过来也没个啥子用。"

最贵的采购申请就是许冶钢的游戏本了。我觉得老板多半会把他痛骂一顿。

没想到老板听完之后只是说了一句："买嘛！"

我瞬间觉得天旋地转，原来这都行？实在太荒诞了。我不禁怀疑老卢是怎么做出这么大产业的。他养着的这群废物白吃白喝，乱买东西，还能拿工资！

我甚至都忘了，其实我和他们一样，也是在骗着工资。我愤愤不平的目光和老卢的眼神无意间正好对视。

那一瞬间他就盯着我看，眼神中并没有"王霸之气"之类玄乎的玩意儿，但看得我心里一慌。我才意识到自己真正愤怒的原因并非正义感。

晚宴之后，老卢让几个人留下来，他要单独谈话。很不幸，被留下的几个人里面就有我。

他的办公室在别墅的顶端。按他的说法，那地方就是尖尖的位置，只能他占着。办公室里堆砌着很多有用或没用的书，堪称"民科专著大全"。而老板的桌上恰好放着一本1981年版的《地震云》，因为他经常翻，整本书都已经破破烂烂。

"你个瓜娃子啊，莫给你买个投影，不开心咯？"他说道。

我想果然他误会了。我回答道："不是，我其实是为实验室着想。"

"你说！"他声如洪钟，仿佛就像掌握生杀大权的古代君王。

我想到许冶钢，他想买的游戏本可能因为我的一番话被取消，有些不好意思。但其实我事后只要坦白，他可能不会生气。因为这人一直觉得朋友之间有问题也可以说，正如孔子曰："益者三友，损者三友。友直，友谅，友多闻，益矣。"

我说道："因为我们毕竟是实验室，研究东西的地方。采购也应该和研究相关不是？其他还好，但游戏本很明显是用来玩游戏的。许冶钢研究的是'儒道释'……"

我顿了顿，还是没想到更好的用词，赶紧解释道："我和许冶钢关系不错。但这么做，不太合适。"

老卢听罢哈哈大笑："你个瓜娃子，这关你锤子事？老子有钱！我和你嗦，你要马儿跑，就要马儿次草，你不给它次草，要它咋个跑？你懂个啥？比起你们，外面那些该死的吃哩东西要多得多咧！"

我只好点点头，毕竟老板社会经验丰富。他随便训斥我的这几句，我觉得还挺有道理。就像今早门卫没拦我，不也是因为我给这匹"马"递过烟吗？

他眼看解决了问题，又和我说："你嗦的那东西，做个PPT，下次来公司讲给我听。但我和你嗦，你也别把大学坏的那套带进来，他们懂个锤子嘛。"

我看着他，张大了嘴。如果他是要让我在员工面前讲，那还是算了吧，实在是太羞耻了。

"不用多好。"他望着我，但好像越过了我，"只要能搞出来，能预测地震，可以分股权！钱不是问题。"

"我要数据。"我提出了一个很困难但也实际的问题。

"啥子数据，要好多？"

我思考了一下，深深吸了一口气："全国各地地震局的监测数据，从2000年一直到现在。最好还能联网查实时更新的数据，要不然我们怎么预测？"

"要得。"他想了想，站起来踱步，"你好好搞，我给你弄数据，要好多有好多！"

得到老板承诺的我走出办公室，然后在拐角处发现一直在等待的许冶钢。我被他吓到了，因为他正拿着一本佛经，在地上打坐，口中念念有词。换成其他地方，估计正常人都会被吓得报警，以为是碰到了邪教分子呢。

他和我打了个招呼，然后走进老板的办公室。

我笑了笑，拿起背包，走出别墅。

三

之后老卢一直没提数据的事情，我猜他也不见得多在乎，反正只要他不提，我也乐得清闲。时间越来越久，而我的耐心也逐渐被消磨掉。我开始学会胡言乱语，或者说一些不痛不痒的话。大家对我的态度也逐渐转变，那群疯子大概把我看成从神坛坠落的天才。唯有许冶钢会用儒道释三家的思想宽慰我，他说我需要先静心。

就在一次组会后，老卢突然找我说去喝酒。他第一次和我喝酒，而且还是我们俩单独去。

我们就着火锅喝白酒，三杯酒下肚，话就说开了。

他眯着眼看着我："整个实验室只有你最老实。"

我很不理解，因为我一直觉得只有我和实验室格格不入，也因为我一直对研究的东西非常不屑。我一开始只以为他酒后胡言。

他的眼睛闪着光，仿佛要把我看个通透。那一瞬间我分明觉得，他没醉。他说："只有你不信我那一套，你蛮到我不晓得哇？这些鬼迷心眼的人都在搞啥子？全是马屁虫。"

"那你为啥还要养着实验室里的这群人？"

"人总要有点梦想嘛，老子又不是莫得钱！养好驽马，才好养千里马！"他又给自己倒上半杯，一饮而尽，"格老子的，你嗦我这人生还能追求点儿啥？你嗦你想搞科学，我就给你弄条件。咱们慢慢弄，早辞能搞好。"

我装作很理解的样子，深深地点点头。

不久之后，我发现了更多有趣的事。有次我在街上撞见和家人待在一起的张老五，他言谈举止都很正常。当他妻子提到换工作时，张老五说道："不不。老板就是个有钱的笨蛋，大家都在骗他。光演戏说胡话就能拿钱，这是天上掉下来的好事。"

换成以前，我说不定会冲上去伸张正义，但现在我觉得其实我和他一样。五十步笑百步，有什么意思？再说生活中，为了钱而扮演某种角色的人还少吗？但起码演得要像吧，我陷入了深思。

四

同样无聊的一天，一个电话打了过来，是我妈打的电话。我松了一大口气，幸好不是我父亲。

然而接听的一瞬间，我发现自己还是太年轻了。父亲的声音生冷："你还在绵阳？"

"嗯……"

"吃得习惯吗？那里人喜欢吃辣。"

我说："还好。公司有自己的食堂和厨师，上班时吃的东西大部分不辣。"

父亲"噢"了一声，仿佛发现了什么："那次你说，你们实验室有多少人来着？"

我都可以想象出父亲在那边抓耳挠腮的样子，每次他一认真思考总喜欢用手指抠耳洞。我回答道："十几个人吧。"

父亲又"噢"了一声："那你大学那边……你有没有和老师道歉？"

"现在去也没用了，学籍已经消了。"

"连个硕士也没弄到？"

这是我最不想回答的问题，我点点头："嗯。"

那边一阵尴尬的沉默，父亲长长地叹了一口气，恨铁不成钢之意无以言表："那你怎么进的实验室？我没听说过哪里的实验室还愿意招本科生。"

我每次都选择避而不谈实验室。我相信如果真说出来，严厉的父亲肯定会暴跳如雷，然后狠狠地骂我一通：读博读得好好的，好好的大学，你搞成什么鬼样子？现在跑到祖国大西南，和一群伪科学人士混在一起，简直丢知识分子的脸。再之后他肯定会把问题继续引申到我将来买房娶老婆的问题上。

最后的结论肯定是这样的，他会长叹一口气，说："要不然你就回老家吧，我这么多年摸爬滚打，也攒了不少人脉，给你弄个小职位还是行的。"他一定会说，只要我入了行，有他教导，过几年自己再考考证，以后一样能赚到钱。然后我可以买个差不多的房，娶个差不多的老婆，给他们生下差不多的一男一女，过着差不多的人生。

我熬了那么多年，好不容易熬出头了，他却还想把我绑回家。我刚刚读到大三，父亲就整天和我说工作的事情，还要我跟着去送礼跑关系。要不是为了躲避回家，我也不会考研和读博。就我那学校，有多少人愿意留校读博的？

果不其然，父亲长叹了一口气："你肯定不是在搞啥正常事，要不然早和你妈妈说了。快告诉我，是不是在弄传销？十几个人一个厨子，哪里的实验室能有这么高的配置？"

"不是不是，不是传销……"

他打断我的辩解："那是搞邪教吗？或者制毒贩毒？你小子别给我打马虎眼儿，老子我现在就在绵阳市，我倒要看看你在搞什么鬼！"

天呐！原来他不声不响地摸过来了。我也终于知道，为什么校友联络员会通过实验室找我，因为他其实只是一个探子。果然姜还是老的辣啊！但他倒说对了一点，这里真和搞邪教的有点相似。

我一想到父亲威严的咆哮、怒吼，腿肚子都有点软。我幼年时期遗留下来的恐惧再次苏醒了，并紧紧攥住了我的心脏。

我不想回去。我甚至都忘了，卢牛还站在旁边。他拍了拍我的肩膀："莫似，我来帮你。你似帮我打工勒，我老奴不管怎莫要得？"

他立马推我坐上马力十足的座驾，拉风地穿过别墅区，直奔购物中心。他说："你个瓜娃子，怂个锤子，又不是做坏事。去挑件合身的！"

不愧是老狐狸！老卢带我进了一家西服店，我都不敢看里面价签上"0"的位数，不知道是四位还是五位。

俗话说，人靠衣装。我挑了一件最正常的黑色西服，老卢却说这不行，要骚气点。于是我选了一件稍微休闲点的西服，淡黄色的西服外套，浅蓝色衬衫外加一条花色领带，我穿上去之后整体气质都变了。我似乎不再是那个连硕士学位都没混到的倒霉蛋，而是一个风度翩翩、谈吐潇洒的商业精英，就算站在一群大老板中间，也分外显眼。

这么贵的西服，老卢只是扔出一张卡，完全不在意究竟花了多少钱。

然后老卢给助理打电话，让他过来接我，顺便去接我父亲。老卢自己则要去赶着出席某个活动，为了最新的项目和各方面接触。

半个小时后，我接到了风尘仆仆的父亲。他冷峻地审视着我，外加旁边那名分外专业的商务助理。时间一分一秒地过去，然后父亲的气势突然崩溃了。他也见过不少人，西服的质量基本上一眼能看出来。

而旁边那名助理领着父亲和我，参观了公司的办公楼，介绍了公司的历史，然后还特地介绍说我是私立研究室的特聘研究员，享受着比同行高50%的专家待遇。

这下子，父亲终于放心了，他用小手指抠着耳洞，反倒有些办错事的局促。我和他挥别助理，打车回租住的房子。在路过某大酒店时，我竟然看到了老板的身影。卢牛走路都摇摇晃晃了，但还是一脸谄媚地和旁边的人说着什么，追着那人一直送到车上。我的心里突然一暖，紧紧地握住了拳头。

父亲的危机被老板解除了。得知我混得似乎不错的父亲只是询问我到底什么时候找女朋友，顺便提醒我公司前台那几个小姑娘挺好的，弄得我哭笑不得。

然后他乘着一大早的火车，匆匆地离开了这座城市。昨晚从父亲的背包里，我发现了剪刀、水果刀和锤头。大概他害怕我真陷进了什么奇怪的地方，无法明说也无法回来，打算拼了老命也要救我。这些东西还都是他在火车站附近买的。

但事实上，我只是继续欺骗了他。迟早我的谎言会被戳破，私立实验室的真相也会被揭穿。他的儿子如同以前一样，什么长进都没有，依旧是一个废物。只不过，恰好一个脑子不正常的土老板把这个废物捡了回去，土老板不知为何非要和这个废物没研究透的地震过不去。

五

我没想到，大约半个月后，老卢竟然真的为我要来了数据。

他甚至把那些旧的数据都下载下来，装满了二十几个移动硬盘。他细心地让人编上号，然后把整箱子硬盘搬到我面前。

其实直到很久之后，我才知道老卢为了这些数据究竟付出了多少。他的眼神闪烁着孩童一般兴奋的光芒："要得了不？"

我用电脑接上一个硬盘，被里面层层叠叠的表格和折线图给闪花了眼，和当年我在学校里得到的数据量完全不在一个档次上。稍微认真看了一会儿我才知道，卢牛根本不知道我要什么数据，不光地震局的监测数据，甚至地下水位变化、地质沉降等等数据都被他一股脑儿买回来了。

这些数据远远超过我可能需要的。就单纯处理这些原始数据，办公电脑的运算能力都显得捉襟见肘。我说："够了。"

我心情很沉重地收下老卢的大礼。说实话，我早就完全不相信自己做的这件事情了。也许曾经几个月前的我还能在导师面前坚持自己的看法，对完全虚度了的读博的前几年时间完全无悔。但现在，我觉得我当时真是撞见鬼了。

我从来没喜欢过博士期间的课题。导师总是一句话："你做的方向不能超过我们组的大方向。"他总是否定我把课题引向地震预测的努力，希望我别做"没经费、没希望"的事情。我试图尽全力投入过他的研究，但时间久了却发现里面依旧是一堆糊涂账。于是，我再次琢磨怎么搞地震预测，却发现自己的能力实在不足。久而久之，我已经不知道自己该做什么了，我开始逃组会、打游戏、不接老师的电话，沉醉在自己的世界里。

恰好导师也是特别耿直的那种人，一句"就凭现在的你，怎么挑战世界级难题"就把我呛得感到梦想受到了侮辱。但现在我多希望能早点被他那么呛一句，那样的话我也不会狼狈到和一群民科混在一块儿，每周还煞有介事地做所谓的汇报。

好吧，本质上我其实和这群民科并没有什么区别。只不过他们中的一些人还做着黄粱大梦，而我过早地醒来了。科研不是我这种人可以做的。

我假装认真地查看这些数据，然后思考该如何在剩下的半个月里面搞出个差不多的算法，附上晦涩难懂的图表，随便交差。我大不了说没算准，以后再改嘛。

但是，这些数据还是让我很难处理。且不说计算速度的要求很高，最大的问题在于数据量实在太大，细化到任何一个小地方都有远超想象的数据量。

更何况，我对模型一点信心都没有，这套自娱自乐的东西早就在一年前被证明无效。地震预测的最大难点其实是对地下结构的无知。人类获得的一切信息都是间接测量得到的。而如果向地下打钻井，苏联花了30年也就只能打到13000米深的地方，这个数字相较于地球半径只是个零头。

众多指标中，唯一和地震相关的是氡含量，但是这玩意儿和地震的相关性非常不合理。所以很多模型看上去不错，但其实只是建立在一系列不靠谱的联想之上。

不知不觉中，我发现我对老卢的感情似乎更深厚了。我也不知道究竟是为什么。他给了我那么多，而我只是在混吃等死。尽管如此，老卢却越发耐心了。

时间一久，我反倒静下来了。我重新拾起模型和代码，开始慢慢演算。这些熟悉的东西曾经代表了我的梦想，这使我一旦认真接手就停不下来了。往事和回忆阵阵袭来，对比老卢和导师的做法，我越发感激老卢。

他也许帮不了我，但我总觉得他不会抛弃我。

六

一年过去了，突然我收到一份结婚请帖，是本科室友大华发来的。我知道，这小子混得风生水起，不光毕业后考到了中科院，还创业成功了。

大华的创业项目和天气相关。其实天气预报并非想象中那么严谨，很多时候图出来了，判断还是需要依靠人，不稳定的精度也很让人头疼。而且天气是典型的带能量转化的多相流，任何一种多相流的模拟，只要一加上能量变化就会变得异常复杂。

但他的项目不一样，他的团队通过把实时的气候云图等信息调出，和以前曾经出现的实时情况对比，把因果直接相关联，便能快速准确地判断出几十分钟乃至一两天后的天气。

大华作为各种相关天气数据的提供商，他的创业项目被资本热炒，经过C轮融资之后估值相当可观。

婚礼那天，我交了礼金，和其他参加婚礼的大学同学把酒狂欢。身为校友联络员的老班长一直在说大华的创业项目到底多么厉害，比在小地方的破工作高到不知道哪里去。

半酣时，新郎官带着新娘一起来敬酒。我看着他春风满面的样子，别提有多羡慕。敬完酒后，他携着新娘飘然而去，离我们越来越远。

如果没有酒精，那个夜晚我肯定睡不着。我朦胧间突然想到一个问题，其实地震预测这种没谱的事情和天气是多么像啊。预测天气可以看云，看星星，预测地震可以看地震云。

哈哈哈！我什么时候也开始相信地震云了呢？一个谎言就算被一百个人反复说，也只不过是谎言。

我跑到厕所里，恶狠狠地抠向嗓子眼。伴随着一阵恶心，我吐出了花花绿绿的食糜以及刚刚喝下的酒。我拿出手机，打了几个字，以防再喝多了会忘记。

从那天起，我一直在想大华预测天气的系统能否用在地震预测上。刚好这时，许冶钢一不小心把一本旧书弄破了，好多书页散落在地上。我看到了那本书，恰好是某位民科的著作《地震云与量子力学纠缠理论数学浅析》。我帮他捡书页，捡起的第一页就画着所谓的地震云形成图。

那是地震云形成的热量学说，认为是地震发生前的巨大热量上升，导致了地震云的形成。图作者甚至还画了地下水系的热量传导和相变示意图。虽然用脚趾头想都知道这不科学，但这张图突然提醒了我一件事情，我以前建模型时从来都没有考虑过地下水系，就像很多人谈地震只想到岩石和岩浆一样。

预测地震并不是从源头去还原地震。不管是我还是科学界，可能大家在很早之前就走进了误区。我不知道这算天启还是灵感。

记得读博士的第二年，我差点信了基督教。当时我去参加了几次礼拜，然后听一名虔诚的信仰者讲述经历，他说他在一个假期里遇到了十几次神启。就在我聚精会神，想知道神启是多么厉害时，真相却让人大跌眼镜。

他说："那个假期我遇到很多事，每次麻烦来时，我随手翻开《圣经》，都能看到上帝的教导。这就是神启，我什么都不需要，只需要相信上帝，然后事情都顺利解决了。"

我当时心想这多半是扯吧，但现在，不管神存不存在，天不绝我。它赋予了我使命，就好像杀死安格玛巫王的不是勇猛强壮的男人，而是本应和战斗无缘的女人。

我拿出做过笔记的那叠论文，上面全部都是天气预报算法的研究，然后打开谷歌学术，搜索更多关于天气理论和地震的论文。搜索的结果让我很开心，清一色的防震减灾的文章，几乎无人注意到这两个领域的关联性。

两个月之后，我借故去大华的创业公司探望。我背着背包，里面都是写满笔记的论文。我曾经试图研究过他的方法，但显然那不是我能做到的。我尝试窥探天才的领域未果，于是决定做一名"小偷"。

大华的公司位于北京五道口，附近就是清华和北大。豪华的大厦金碧辉煌，远远不是西南小城市走出来的人能够想象得到的。

　　那里的人都很积极向上。想起来本科时，有位校友和我说过，毕业后就该去大地方找工作，这样才能保持竞争力。如果你去小地方，只会慢慢地废掉。他大概说的没错，只是我不知道现在他在哪里高就。有些人我一辈子也就见得到几面，能维持十年以上情谊的又能有多少。

　　当我找到大华时，他刚刚结束一场谈判。因为对一些条款的激烈讨论，他满头是汗。

　　大华变了，他成了一名商界精英，而我只不过是一个穿着西装的小丑。

　　短暂的寒暄之后，我说出了一直隐藏的秘密："……其实我就是在这样的地方上班。"

　　"啊……"大华捂住了嘴，"其实能赚到钱也行。放弃读博有点可惜了，我现在还挺想弄个博士学位。前一段时间找融资的时候，我就发现博士头衔有多么重要。"

　　"但是你做出了成果啊！"

　　他苦笑："也不算非常厉害，以前早就有人做过。但我们这里也有几个南京信息工程大学毕业的博士，那个学校的气象学非常厉害。他们都是搞气象信息学的，和几个国外的博士合作弄了算法。不过这也是因为现在计算机更快了，要不然都是扯淡。"他示意我继续说。

　　"其实我对你们的算法感兴趣。我老板是个民科，他对科研一无所知。而预测地震，在我读博士时已经尝试了好几年，国内外的专家们不知道尝试了几十年，没有人成功过。"

　　"也不是没有人成功过。"他玩味地说着，跃跃欲试。

　　我知道他的话中之意。地震其实确实被准确预测到过，而且这唯一的一次恰好发生在中国。20世纪70年代，辽宁海城发生了7.3级大地震，但死亡人数很少。然而这次经典案例无法再次被复制，只能说是一个凑巧的个例。因为恰好当时是军队管理这座城市，首长在接到可能发生大地震的报告后犹豫再三，本着人命关天的原则下了决策，避免了大量的伤亡。

我咧了咧嘴："我不认为有可能，两者的联系实在是太微小了，没有依据，只是我的一厢情愿。"

"大数据时代，一切都有可能。"

"对对，一切都有可能。但我现在只想试试看你们的算法能否用在这上面，就算不成功，我也能给老板交差。"

他摇了摇头："就只是为了糊弄他，来问我要算法？你和那些靠项目骗经费的人有什么区别？"

"也只有你能帮我了。"我弱弱地哀求道。

"哼，你知道这算法有多重要吗？我们的核心团队一次又一次将其改进，我是亲眼看着成功率从60%提高到93%的。怎么可能借给你？"

"我不需要你现在版本的源码，只需要很早的，成功率只有百分之六十的那个。我只是觉得有点愧对老板，就算只是帮他做一个科研梦，我也要继续演下去。"说着说着，我竟然鼻子一酸，流下了眼泪。我哽咽了，"你不知道他对我有多好！当我和导师闹掰的时候，是他把我给捡了回去……"

"行了，擦擦。太难看了。"大华递给我一张纸巾，他挪到窗户边，点上一根烟，"我可以和团队商量一下，你别太期待。而且保密协议是肯定要签的。就凭本科时你和我打过的游戏，喝过的那些酒，我也应该帮你。但是我需要提醒你，算法的运算并没有那么简单。你要把天气预测用到地震预测的新领域上，其实工作量很大的。"

"嗯？"

"首先你必须做成图形数据，图形数据并行运算会比较快一点。"

"理解。"

他继续说："然后就是运算量了。你觉得你们那里有足够的运算能力吗？如果你的老板愿意出钱，我们可以出租数据计算的服务。当然看在我们是老同学的面子上，我会给优惠价。"他"唰唰唰"在本子上写下了一个数字。

真不愧是商人。不过我感觉价格还算挺合理。

七

上天开始眷顾我了。那群技术人员经过大华的游说，给出了最早期版本的算法。当然现在的版本肯定和原始版本区别很大，要不然他们绝对不会给出来。

而我稍微研究一下就发现，要使用这种算法，那些原有数据还不够，于是我再次找老卢要数据。老卢面有难色，但还是爽快地应承下来。我听说他上次为了找数据，花了不少钱去公关。

过了几天，他给我转发了一条信息。那条信息上有一个网址，打开后显示了一个用户名和一串如同路由器原始密码般复杂的密码。

老卢特地跑来别墅，把一张名片递给我说："这位是副研究员的名片，有问题找他。他说这是国家地震科学数据共享中心新搞的数据库，随时随地有网就可以丧。要得不？"

"要得。"我感激地点头。

其实，天气预报算法的原理也没想象的那么难，大概就是用神经网络算法进行数据剥离，然后重组运算对比。

当然，我只是在演戏，只是在做一件自我满足的事情。光琢磨如何把那些数据表单做成图片的程序写法，我就花了整整5个月。然后，我再尝试运行他们交给我的算法，几乎每运行几分钟就要纠错。

我一度觉得找回了自己。我又像大学时期那样，在实验室埋头干自己的工作，外面的魑魅魍魉完全影响不了我。可是明明这件事情一点都不靠谱，为什么我会那么专心呢？

就连许冶钢都没说啥，他总是看着我微笑，只是恍惚间我突然觉得他充满神性。他拥有大部分人所不拥有的美德，但同时他是个低能的人，无法适应社会的需求。如果他办个邪教，反倒是条好出路。

终于有一天，我成功地闯过了层层bug，进行了第一次模拟运算。因为精力有限，我只是对四川附近进行了模拟，看看会不会得到什么结果。然而结果让人大失所望。即便是模拟本来就出现过的地震都不成功，更别提预测新的地震了。

这样的结果连我自己都骗不过去。我发了一些邮件去询问，但大多石沉大海。国内也没有多少人在做同样的事情，地震预测依旧是玄学领域。研究陷入了困境，我感觉自己想得太简单了。

八

正在发愁的时候，老卢让我出差，他花钱在某次国际学术会议上买到了赞助位，换取我出席甚至做汇报。我也不好打击老卢的积极性，恰好研究遇到瓶颈，也想去看看同行们的高见。

我现在关心的只有在北京召开的学术会议。而初次到大城市的我，却发现自己低估了北京交通的拥堵。眼看可能要迟到了，我夹着公文包冲向地铁站，挤上了地铁。我决定到远一点的站台下车，再打车去会场。

结果恰好到了交接班的时间，好多车上明明没有人也不停，外加上这里本来就偏，更是让我倍感焦虑。就在我拿手机打算约车时，一辆已经有人的出租车出现在我面前。

违规经营的司机探出脑袋："小哥，要车不？先送他，再送你。"

我想要是顺路也行啊。正在说地址时，我扫一眼后排，然后公文包从手上径直摔落。坐在后排的正是和我闹掰的导师，他同样看着我，脸上又红又白。

我拉开门，坐在后座。我们认识，也并排坐着，却像陌生人一般无言。过了好一会儿，他先说话了。

"你也参加会议啊。"他表情复杂。

我却深深地低下了头。我鼓起勇气，双手紧张地抓紧公文包："老师，我……我想搞科研。"

"你能参加会议，说明已经做出点东西了。"他愣了一下，然后说道。

"那是花钱买来的位置，我不可能用不科学的方法去认识世界。老师，我想认真做科研。"

他叹了口气："你啊。"

我知道他已经同意了，所以心里一阵温暖。

会议开始，我才发现又想简单了。演讲都是用英文，虽然大会场有质量不高的同声传译，但分会场什么都没有。英语听力水平原本就不好的我感觉就像在听天书。幸好导师在，他听懂了之后把一些原理翻译给我听，要不然我就只能呼呼大睡了。

真正给我启发的是一次小演讲。那时接近吃饭的时间，分会场里人很少。讲话的是一名日本博士后，但他还很年轻，还不是很出名。他主讲的内容是地震对地下水系的影响，光这方面的研究他就发了三篇文章。

经过导师的翻译，我才明白他研究的方法是通过人造波，在地震前后，地下水系会因为地震作用发生明显的变化，而波形也会产生较大的变化。事后我查了他的论文，发现他甚至研究过地震时地下水系对地震波形的影响。

我查找论文，才知道其实早就有人发现地震前地下流体会发生异常现象。汶川地震后，甘肃地震局的工作人员就发文称发现地震前地下流体出现中期和短期异常，表现形式为水温、水氡、水位和流量等的变化，也曾经有相关人员兢兢业业地对地下流体进行了几十年研究。然而他们却无法提出可用的预测方案，关注点也总在看似和地震关联性最强的水氡上。这就好像挑西瓜不看西瓜，却先抽西瓜汁化验一样。

这给了我很大的启发，既然用预测天气的模式来预测地震，那就不能按照地震研究的传统思路，更不能不管什么数据就一股脑儿地加进去。地下水系受到一些影响，这说明两者的体系是有可能相关联的，天气预测的核心就是多相流系统，而地下水系实际上也是一种多相流。我之前虽然关注了地下流体，但在实际运算中加入了太多影响运算的参数。

说做就做，我单独筛选出地下水系的数据，和一些波形数据重新建模，然后输入到代码中。这次调整bug快得多，结果很快就要出来了。我选择了在四川发生的几次信息翔实的地震，模拟结果似乎挺好。时间、震中和震级，虽然有一些误差，但在我看来已经是非常大的进步了。

兴奋异常的我立刻开始进行即时预测。即时数据传进来，然后远程运算结果不断传回来，不到一分钟，屏幕上有一个时间点突然被放大了。我点开时间点，看相关的数据，然后计算里氏等级和可能出现的烈度。里氏6.3级，震中仍然在汶川县内，这已经足够产生人员伤亡。地震将在二十天后发生。

我笑了，依旧不相信自己。我觉得这结果离现在太近了，谎言这么快就要被揭穿。但我抑制住想隐瞒的心理，还是拨通了老板的电话。

"老卢，我成功运行了，算出来的结果显示，二十天之后，汶川县内会发生6.3级地震。"我加了一句解释，"虽然算出来了，但和事实能否对应很不一定。"

那边半天没说话。

"汶川啊……"老卢意兴阑珊，声音显得有些疲惫，"我等会来实验室。"

九

在老卢面前，我再一次运行程序。依据新数据计算的结果还是一样，汶川会发生地震，在20天之后。

老卢瘫坐在靠椅上，仿佛被抽干了力气。他毕生追求的东西就在眼前，但他很不开心。

我看得出来，他压抑了很久。那双精明能干的眼睛布满血丝，闪着嗜血之徒般的凶狠光芒。

"格老子，天老爷你咋个就和汶川过不去嘛！"他指着头顶的天花板，狠狠地骂道。

骂完之后，他把目光投射到我身上："走，我们喝酒去。"

老卢也没啥追求，他喜欢光鲜亮丽的装潢，美丽动人的陪酒小姐，外加不知道真实价格的洋酒。

这一晚注定迷乱，对于我，对于他，意义也仅仅是在此。不过一会儿，我就和陪酒小姐深情对唱，而他则左拥右抱。桌上的酒也在围攻下越来越少。

由于喝得太猛，很快我就去厕所吐了第一次，然后第二次。但老卢没满足，他常年在商场战斗的本领体现出来，即使喝了这么多，依然看上去什么事情都没有。

他解释道："有些人憋得很，你敬他三杯，他就抿一口，你能咋个办？喝撒！"

等到桌子上的酒喝光，老卢挥手让其他人出去。她们会意地离开了，整个VIP包厢只剩我和老卢，空旷异常。

不过一分钟，服务员拿来一个瓶子，那瓶酒只喝过一口。我看了眼牌子，笑了，这竟然是大瓶装的康师傅矿泉水，合着服务员欺负我们真醉了吗？

"这是水。"

"这是酒！"

"可这是水啊！"我不知不觉提高了音调。

"老子嗦是酒，就是酒！"老卢也犟了起来，唾沫星子喷了我一脸。

他笑着说："这瓶子跟着老子十几年了，你看，说不定还有僧产日期。"

我要是能看清才见鬼了，现在看着老卢都觉得他有分身。

他自顾自地说起来："老子那年在汶川打工。这水可金贵着咧，我抱着它被人从地下挖出来。那天太突然，老子看着超市，突然就开始抖咧。一开始我从爬梯上摔下来，天就黑了。我还以为混账小子关了灯咧。"

说起那件事情，老卢就像打开眼泪匣子一般，边哭边说，然后开始哽咽。其实后面他说的我也没听清楚，反正无非是他失去了几个亲人，还有当时的女朋友。

"我嗦，天老爷为嘛要震汶川吗？"他掩面痛哭。

哭了一小会儿，他抓住我的衣襟，把我按在沙发上："我和你嗦，我那叫一个恨。恨天、恨地、恨人，但老子不服苏，我就似不服。中国都现代化了，地震还能上天不？只是我文化低，还能咋样？专家都嗽没办法，该震的还是震。我能咋样？所以我需要你，我是你的伯乐，你是千里马！哈哈哈！"

他又哭又笑，状若疯癫。

一个真实的老卢终于在我面前完全显现出来。他确实是一名民科，但并不那么惹人厌恶。只是主流科学界也解决不了这个问题，他想通过其他方式做出来。所以他才会收留那些同样穷困潦倒的民科，因为他们最初的梦想是一样的，无论是否真的能实现本心。

而我是他的意外收获。如果不是那次碰巧的学院行，他不会见证我和老师撕破脸皮的骂战，也就不可能和我的生命有任何交集。

只是他不知道，我只是给了他一个虚妄的希望。我自己都不相信的东西，也就只能骗骗他了。而且我接触了那么多民科，更知道如何欺骗一个民间科学工作者。那实在太简单了！

我在谴责自己。不知道是不是因为酒喝多的缘故，我差点就把真相说出来，关于不靠谱的模型，随意借用的源码，租借的运算服务，一切都只是骗局。我依旧在辜负他的信任，依旧不敢提醒他，他一直以来投入金钱和精力的事业完全是海市蜃楼。

我想把这场戏演好，但没想过深信这场戏的人会怎么做？老卢信任我，他真以为要地震吗？他会怎么做？

我不敢想下去，酒劲儿上脑，我的决策时间很短。坦白还是不坦白？

想到这里，我拿起他珍藏的宝贝矿泉水，喝了一大口。这是一口2008年产的康师傅，光从年份上来说比大部分82年的拉菲要真得多。不过，我已经尝不出味道了。当年能有几个人有老卢这么幸运，他们被埋在地下，恨不得从泥土里榨出汁来。我怎么能欺骗这样一个人的感情呢?

老卢说这是酒,那这还真就是酒。万物唯心其实很快乐的,你想什么就是什么。难道不是吗?看看许冶钢,我想不到有更适合让他快乐的信仰了。只有那些纯粹的唯物主义者才那么痛苦不堪,在残酷的世界上寻求真理。

懦弱让我回避,做出了默认的选择。我彻底醉了,那些话也说不出口了。人生就是这样,很多话一次不说出口,一辈子都会遗憾的。

我不知道自己是怎么回家的了。

十

20天转眼就过去了。老卢做了很多努力,他利用自己的影响力告诉政府我的研究成果。结果官员去咨询了地震局,听说了老卢的民科背景,外加我这个幕后研究者的丑料。官员好声好气地说:"我们不能光听一家之言,要找专家团评估。"

老卢气得直骂娘,恨不得把八辈子说过的骂人话都骂出来。他最后还打电话让公司的人都跟着去站桩、闹事。公司员工们稀稀拉拉地排着队,跟着慷慨激昂的老卢喊口号。只能说群演找的实在不够称职,旁人一看就知道是怎么回事。

过了一会儿,城市新闻台的记者赶到了现场;再过了一会儿,警察出动了。这座城市也就那么大，消息随着新闻的播出传遍全城。为了让新闻更有趣味性，记者甚至添油加醋地把老卢的主张描绘了一遍，充满了讽刺的味道，连带着我们也成了笑柄。

听说那天最后闹得很不愉快，老卢回来的时候是被警察"礼送"回来的。他刚回到别墅就操起一根铁棍，狠狠地对着几百万的车砸了下去，还一边"亲切"问候着别人的亲戚。

于是，他的努力彻底失败了。我倒觉得这是好事，要是政府信了我这超级不靠谱、只有千万分之一可能性的预测的研究的话，那岂不是很尴尬？

我的生活倒也惬意，该吃吃该玩玩。不知道是不是因为我做出了成果，还是因为心灰意冷而消沉，老卢也没在意我翘班。我在进行最后的狂欢。如果最后没有地震，老卢会怎么看待让他闹出大笑话的我呢？

就在这时，我父亲给我打了电话。真是哪壶不开提哪壶！他第一句话就是关心老卢："你们那老卢上电视了。"

"我知道。"我都不知道自己是什么表情了。夜光灯下，霓虹灯花花绿绿。在这座完全不属于我的城市，我又蹉跎了很多年。下一站在哪里，人生会怎么样，我什么都不知道。

"我听说那东西是你做的？"

唉，我爸爸太关心我了，他说不定就连新闻都只看绵阳台的。此前，我只知道他关注了好几个绵阳市的微信公众号，总是给我转几条类似的天气变化，或者哪里东西不能吃的消息。我能说什么好呢？

父亲见我没回答，知道我是默认了。他说："你该回来了。你老板像个疯子。"

"我再考虑一下。"我开始用"拖字诀"。

"再考虑？对象找了吗？"

"没有。"

"房子有买吗？"

"没有！"

"事业有着落吗？你倒是出息了啊，学会合起伙儿来骗老子了。上次去那公司，我还以为你做着什么不得了的事情。你说这新闻要是传到你七大姑八大姨那里，我们家岂不成了笑话！"他也爆发了，话语像连珠炮一样。

其实这么多年下来，父亲的套路我早就熟悉了，无非是先提问，然后找关键点击破。我沉默了半分钟："老爸，我知道你爱我。但你知道什么叫自由吗？"语闭，我挂断了电话，把他的电话号码加进了黑名单。

起码到审判结束，让那千万分之一的侥幸也彻底破灭吧。

结果，这千万分之一的可能性还真让我们撞上了。两三天前，有村民报告了一些异象，监测数据也有一些异常。这件事终于引起了政府的重视，政府提高了警报等级。结果当天真的地震了，震中位于汶川县境内，初步计算大约6.4级。

我对比了结果，其实严格来说，我只预测对了时间，里氏震级和震中与实际结果偏差很大。

政府官员焦头烂额地救灾时突然想起老卢以及他的预测言论了，他们一对比他说的和实际发生的，发现这预测挺准的嘛！这一消息经媒体捅了出来，一下子乘着地震的消息传遍了祖国的大江南北。

虽然学术界也有人发声，提醒说可能只是巧合，但这些声音在媒体面前不堪一击。

我和老卢瞬间成了公众人物，只不过他是春风满面，我却是满面愁容，惶惶不可终日。几年前，生物学界某知名人物也一度蹿红学术界，他的研究被说成是诺贝尔级别的成果，但后来呢？

而我做的这东西，我自己都不相信，结果它居然成功了，真是遇到狗屎运了。什么时候民科也能拯救世界了？那未来满地"诺贝尔哥"到处乱跑，真正的科学又能有几个人相信呢？

最让我不快的还是同事们。好多人说大家都是一个实验室的，应该共同署名一下嘛。尤其张老五，他吼得最凶了，要我把他们的著作介绍到主流科研圈。唯独许冶钢这人不悲不喜，依旧在拐角颂念经文，还保持着吃斋的习惯。

"发论文吧，我帮您写，挂我二作、三作都可以。"之前接触过的陆副研究员给我发来邮件，甚至表示愿意给我金钱和特聘的机会。

我表示再考虑考虑。

大华从北京飞来，他说技术团队听说了这件事情，拿出了以前的保密协议。他说现在要赶快一起申请专利保护，这项技术握在手上，别说猪了，就是大象都能被钱吹飞起来。

我不知道算法能不能申请专利，反正这东西本来就是他们的。我说等我和老卢商量一下，毕竟他是资助我的人，有权利参与到这件事中。

媒体的邀约更是不计其数，大学的邀请也很多……我只能说，他们难道都忘了几年之前的那件事吗？这时候被捧起来的我，就算是再轻的鸿毛，也会被摔在地上的。

不过，比起名利，我最头疼的却是眼前。屏幕上的数据显示，大约一个月后，凉山会地震，里氏震级大约5.7级。

当得出这条数据的时候，我想已经不止我一个人知道了吧。

果然晚上6点时，我的电话都快被打爆了。央视节目进行了专家访谈，专家的态度非常暧昧，体现了唯物辩证法的原则，和希拉里回答竞选的问题差不多。

政府当机立断，宁可信其有，不可信其无，立刻开始制定撤离疏散方案。但是，急不可耐的凉山当地居民抢先一步开始了撤离，听说那天市内到处都在堵车。大家都想自己走，但谁都走不掉，真是太讽刺了。

而我只能祈祷，希望再次预测成功，要不然我就成了大笑话。我甚至都想好了，如果这次再成功，我需要主动发声，澄清它其实没那么准确。

面对记者们的围攻，我只得暂时离开租住地，搬进了办公的别墅。老卢把他的办公室和大床都让给我，大有一种恨不得把别墅送给我的感觉。

而我只是考虑着该怎么跟老卢坦白，以及告诉大众真相，戳破我无意间创造出来的神话故事。

十一

就在我郁郁寡欢的时候，一个男人走进别墅，找到了我。他看起来很老，戴着黑框眼镜，有种不怒自威的气势。

我为他倒了一杯茶，反正别墅里不缺高级茶叶。他打量我的工作环境，扫了一眼书籍，眼神里隐约闪烁出不屑。他递上一张名片："我叫萧正名，是新科学促进会的会长。你不用太奇怪，这不是官方组织。"

他肯定还有其他的身份，但唯独用非官方身份和我说话，可见他非常谨慎。我看了眼名片，突然明白他是做什么的了。他是一名科学掮客，专门利用熟悉的体制通过一些项目来骗取经费。虽然我不喜欢这类人，但他的出现简直就是福音。

我和他握了手："我是夏帆，请问找我有什么事情？"

"你成功地预报了地震，知道这件事情意义有多大吗？"

"知道。"我怎么可能不知道，我倒是宁愿它意义小一点。SCI期刊里面从不缺乏不可重复的成果，但只要没引起轰动，大部分人也就睁一只眼闭一只眼了。只有那些惊世骇俗的成果才会被放在放大镜下。

萧正名用眼神暗示我："很难想象您是在这样的环境中做出如此伟大的成果。我听说过一些不太好的传闻，说这里是民科聚集地。"

"嗯。"

他靠近我一步，我们之间只有不足两米的距离："我来就是告诉你，你的才华不能被埋没了。国家缺乏的就是你这样的人才，促进会里面很多会员都觉得，应该在成都建一个地震研究的国家科学中心。到时候，国内一线的地震学研究者会来就职，不管国家、省里还是科学系统都会给科学中心拨款，科学中心还能拥有很高的招人权限。"

"那和我有什么关系？"

"你起码可以任职为中心副指挥。你想想吧，到时候全国的地震学专家都在你手下干活儿。过个一年，你就能评上长江学者，再过两三年就有可能特聘成为院士。当然你的成果本身的意义还要更加重大，这可是诺贝尔奖级别的！再过几年，你还能跻身政界。对了，我听说你还是单身？"

我惊讶得说不出话来。长江学者、院士，这些词语离我太遥远了。这些都是中国科学工作者们一辈子的梦想，不知道有多少人卡在副教授的位置升不上去。而他后一句话，问我有没有对象，其中暗含的意思就更多了。想象一下，那些原本我连想都不敢想的姑娘，现在竟然也可能成为我的妻子。

但我的纠结又不合时宜地冒了出来。夏帆啊夏帆，你只不过是个博士肄业生，所做的东西也不过是用来骗人的，何德何能接受如此大礼呢？

不对啊，我做出成果了啊。他不是一般的掮客，他提供给我的是一条洗白的通天大道。当我的成果被国家认可，一两次预测失败的小失误又何足挂齿呢？

我紧绷的面部终于放松了，然后我和萧先生进行了亲切友好的会谈。

就在我打算找老卢说这件事情的时候，他却先一步来找我。

他眼睛猩红，仿佛一夜没睡。这个壮硕的中年人好像老了很多，声音都变哑了："很多人要喊我们公开技术。"

"哈？公开，别扯淡了，最多咱们卖给政府，然后政府该干吗干吗。"我一时间忘了立场，可能是最近太膨胀了。现在摆在面前的机遇那么多，为什么要让利呢？

他那表情像要把我吃掉："我做这个，只是要搞懂地震。你不是只做了四川省的吗？公开出去，让别人做中国的、亚洲的甚至四界的。我们辛苦了好久，不就似为了今天？"

我以前怎么没看出来老板这么有"共享"的觉悟，绝对是酒喝多了脑子烧了吧？但转念一想，其实他要公开我还真没法阻止。问题是，我们真的能公开吗？

我张着嘴，不知道该说还是不该说。我低下头看向其他方向，但没能促使我下定决心。

就在我迟疑的时候，他已经回头了，风风火火地准备下楼。他的SUV就在外面等着他，接他奔赴下一个战场。

"不行！"我喊了出来。

"为啥子？你个瓜娃子有啥话说？"

总算到了这一天，我终于可以坦白了："我对模型其实一点信心都没有。我本来只是想配合你演戏。其实现在模型已经变了，核心算法是一家天气信息公司预测天气的算法。那玩意儿不是我能写出来的，他们最近在找我一起申请专利。你越过他们……"为了佐证我的话，我找出那份保密协议。

他被我的话震惊了，整张脸都扭曲了。他紧紧攥着的拳头，可能几秒钟后就会和我的皮肤亲密接触。

他大声地骂出来，用的是中国人的国骂。他一拳挥空，迫使我后退，然后他如同饿虎扑食一般把我按在角落，眼光像要杀人："你偷人家的？"

"嗯……"我也没退缩，要不然也不会和导师闹掰。我挺直了腰杆，反倒有种死猪不怕开水烫的味道。

"我早说过，在咱们研究室，诚实是第一位，别把学术圈那怪东西搞进来。你个瓜娃子！"他恶狠狠地说着，双拳砸向我身后的墙壁，直到拳头上都出了血。

而我只是挑衅地看着他，我终于从一个被捡回来的废物变成了一个真正的混蛋。我的翅膀硬了，上天为我关上了一扇窗，却打开了一扇大门。

冲突爆发完，我估计实验室不再有我的容身之处。我收拾好东西，随手定了酒店房间。在去酒店的路上，我骂骂咧咧地删除了公司好友并退群。

张老五，永别了，您好好地演戏吧！

许冶钢？还是别删，我对他还挺有好感。老卢？我的心颤抖了一下，这感觉太奇特了，明明撕破了脸皮，为什么我却不忍心下手？他对我一直很好，我现在能这样，起码一半以上要归功于他。他为我做过很多努力，提供给我的工资，把我从黑暗中拯救出来，喝酒后的自白……那些画面，一幕幕，我永生难忘。

但我最终还是按了删除键，这时我刚好走出山庄，保安小哥朝我友善地挥手。我也挥挥手，两行热泪不由得从脸颊上滑落。

开弓没有回头箭，我一直都明白的。

接下来几天，我一直过得很安逸。父亲再次给我打了电话，人生几十年来，我头一次反客为主。

"爸爸，要不要来成都住？马上成都要有个国家科学中心，我起码是副指挥。"

父亲找理由推脱："那边吃得太辣，我吃不惯的。"

"没事，中心肯定自己有厨师。到时候，我给您老人家安排个清闲的职务，中午你想吃啥就吃啥。"

"哈哈哈！"父亲爽朗地笑了。过了一小会儿，我就看到他在亲戚群里吹牛，言语间全都是对我的自豪。

就在我喝了点小酒，安静地睡着时，房间门却被人敲响了。

我起来看向门洞，发现来的竟然是大华。深更半夜，他不太可能是计划好现在来，反倒像是因为临时有事紧急坐飞机过来的。我想起来似乎给他发过定位。

他都没有寒暄就单刀直入："你们为什么公开了源码？"

"啊？"我先是惊讶了一下。

大华和老卢一样像是肉食动物，眼睛里满是凶残的光芒："你们为什么公开了？我们要申请专利呢，我们要垄断这项技术，你难道忘了，我们手上的协议能让你们身败名裂。我认为我也有权向你们索赔。当初我借给你源码，只是让你研究演个戏，可你们倒好！"他恶狠狠地盯着我，如同择人而噬的猛兽。

"我告诉了他事实，也说了不能公布。但现在的情况是，老卢选择自己公布了。"

"他是猪脑子吗？这东西给谁都比公开要好！"

我尴尬地笑了笑："他是一个民科，本来就没有正常脑子。但问题是，你觉得我那东西真的那么准，一个月后凉山没地震怎么办？你们公司的声誉，那么多宏伟的商业计划，该怎么办？"

"呵呵。"他毫不含蓄地表达了自己的意见。在重大利益面前，那个在京城指点江山、淡定地掌控千军万马的他已经不存在了。现在，我看到的大华和那些抢红眼的市井小民又有何差异？

我从他的手机上看到了录播。老卢骄傲地站在讲台上，用蹩脚的四川普通话发布了要公开源码的消息，甚至在这个过程中，他都没有为自己或者自己的公司打个广告。

在那一刻，他闪烁的光辉让我明白他是一个真正高尚的人。懂得多少知识会因为教育而不一样，研究方法是否科学会因为训练而不一样，但是人品高下却是个人的事情。我早该预料到的，老卢一生的追求都在这里，就算大华的公司把老卢告得倾家荡产，他也不会后悔的。

源码已经到处都是，消息发出去的第一时间肯定就有无数的人下载了。而大华却连阻止的机会都没有，同时他的公司机密也被公之于众了。

我将面临什么？一场官司？一场审判？哈哈哈！这可恶的老天，干吗好死不死地非在那天真地震？我只是陪着民科做了一个认真做科研的美梦，从来没有想过它可能阴差阳错地实现啊！

但现在，我无所谓了，按照萧正名给我的消息，后面我将得到的荣誉几乎都要板上钉钉了。我马上就能脱离现在的生活，走上人生巅峰。

我叫来保安，把纠缠不休的大华轰走，我们四年的室友情谊结束了。

我拿出萧正名的号码，拨了过去。

十二

"我想知道，国家科学中心多久能建好？我什么时候能上任？"

"看来你同意了，我觉得也没可能拒绝。"他笑了笑，"不用这么心急，审批要走流程，就算是特批也需要时间。不过这倒不是最花时间的事情，你想想看，国家科学中心总归要占一片地方吧？就算没有新建办公区，起码也得有临时办公区和招牌吧。这是国家的事情，你怎么能指望上面的领导人和你在一个地方随随便便地剪彩呢？年轻人啊，耐心一点。"

我稍微失望了一下："那我现在能做什么？我从实验室出来了。"

他沉吟片刻："这样子，我给你个机灵的人。最近你其他事情都不用做，专门参加学术会议，出席各类活动，也算是为中心壮大声势。"

我同意了，心中又紧张又激动。

第二天，他指派的人就来了。那人首先自报家门，还送上一份履历，"985工程"院校毕业，国外留学，然后是工作经历。对比他的履历，我的履历简直就是一坨屎。

他毕恭毕敬地告诉我，今后我主要的事情都由他来打理，我只需要说同意或者不同意就可以了。

我还没为他的专业精神鼓掌呢，他就拿出笔记本，上面记录了今天可以参加的活动。

"有一个在北京临时召开的地震学会，现在坐飞机刚好赶得上。我已经事先联系过，请问去吗？"

果然厉害啊，这办事效率就算老卢都差一大截。我心满意足地同意了，然后就看他三下五除二地帮我收拾好行李，拎包出发。

我从来都没有坐过飞机。这么多年来，我本着省钱的原则，一直都坐火车，还总是硬座。但现在，我坐在头等舱，看着形象气质俱佳的空姐走来走去。

助理询问我："我没问过您的喜好，根据我获得的资料推断，您可能更喜欢*Grasshopper*，是一款口味偏甜的含奶鸡尾酒。至于餐点，我建议您来一份高级套餐，餐点口味适中。"

"行！按你说的办。"我笑着说道，有种农村人进城的新鲜感。

吃着这些以前完全接触不到的东西，我仿佛来到了一个新的世界，这个世界都在围绕着我旋转。老卢给我买的西服此刻穿在身上也愈发地合身。我已经是一个成功人士了！

到达会场的时候，会议差不多要开始。会议的参与者们都听说了我要来的消息，他们齐刷刷地打量我，眼神复杂。他们当中的某几个人我还认识，有很多人的论文我都看过，来人中还有我导师的导师的导师。

长条形的会议桌和别墅的餐桌有些相似，最前面的是会议组织者的位置。从他两边往后，很明显地，人越来越年轻。

第一次出现在如此高端学术会议上的我，却没有发现我的位置。然后，我的助理拉着我，直接来到了会议组织者的左手边。

天呐！我犹豫了，谁都知道学术界论资排辈很常见，我刚来怎么能坐上如此尊贵的位置？

就在我迟疑时，会议组织者打了圆场："让大家欢迎为地震学做出重大贡献的夏帆先生！"

大家伙儿热烈鼓掌。我看着那些比我大得多的研究者鼓掌的样子，身体都有点飘飘然，只得故作谦虚地鞠躬："谢谢大家！我只是做了一些微不足道的小工作。"

"话不能这么说！您是贵客，坐这里当之无愧。"组织人继续补充道。

然后，我大大咧咧地坐下来，还和旁边的老专家相视一笑。会议气氛轻松愉快，他们要我稍微说一下原理。我就从算法入手，反正很多老专家都是一知半解，而就算我说错了，年轻的新专家也不敢指正。这是一种心照不宣的气氛，我讲得轻松，大家听得也轻松。

快要说完时，我还特地开了个玩笑："真正的地震云其实在地下。"

老专家说："我搞了一辈子的地下流体，没想到答案居然这么近。"

大家纷纷表示，中国有我这样勇于创新的人才实在是天佑中华。然后会议进入了高潮，主要就是大家说一下对地震学研究的展望。

我旁边那位老专家站起来，气都有点喘："人家一直说，我们中国地震学落后日本好多年。现在证明他们说错了，我们领先，领先了起码十年。同志们，我们现在的任务就是大力支持，有了夏帆这样的好同志带头，我国的地震学能成为领先世界的一流学科。"

"对啊，对啊！"大家纷纷附和道。

这群人展望了一圈，展望来展望去，主要内容还是围绕着经费。我算是看懂这群人了，合着恭维我全是怕将来卡经费。

他们最后居然让我做总结。我深吸了一口气："我一定不辜负前辈们的教导，今后定会为建设世界一流地震学学科而努力。"

开完会，他们主动带我去吃饭。不少年轻学者找我攀谈，自我介绍。我是第一次体会到"别人敬酒，你只需要抿一小口"的滋味。

看到总统套房，我甚至都已经不激动了，反正都是公费招待。

助理给我送上了一杯"晚安酒"，然后和我商量明天可能有的活动安排，以及其中哪些是不可以推掉的。

我的日程就像艺人一样紧凑，可能上午还在清华参与沙龙，下午就到了中国科学院大学做学术报告。母校也邀请我回去，要授予我名誉教授。

我看了下日程，紧皱眉头，只能表示再推迟一下。

我已经全然忘了几天之后的地震结果，全心全意地醉心于营造一个新的形象。现在我就连讲话稿都有人帮忙准备，完全不必费心。在大众面前，我侃侃而谈，多次强调这次预测的准确性达到了世界先列。科学圈内，我多次放话，超英赶美。

在家乡，小学为我挂上了画像。父亲现在接受采访都必须要记者先给误工费。邻居街坊更贼，一看到有扛着相机的人来，就主动凑上去爆料。

各种荣誉头衔接踵而至，多到助理都不愿意汇报。多年以前红火的《冰与火之歌》里，龙母丹妮莉丝每次出场都要报一大堆拉风的头衔，而我现在的头衔有过之无不及。

顺便，我一直烦恼的终身大事也有新进展。助理特地为我包装了一套新形象，冷峻的发型更加突出了我的深沉睿智。在一些宴会上，我见到了很多窈窕淑女。

她们扭动着腰肢，不少人甚至长得比我高。她们丝毫不介意我低俗的目光，反倒会挑衅似的还击。这些姑娘大多出身优越，教育经历出众，和她们聊天相当愉悦。要不是助理每次过来提醒我，我早就沉沦温柔乡了。

就在这时，萧正名告诉我："审批已经通过了，再过几天消息就放出来啦！而且，现在已经给你审批下来不少东西，国务院特殊津贴还有……"

那再好不过了。只要有国家科学中心副指挥的身份，我还能有什么好惧怕的呢？

就在我忘乎所以的时候，助理告诉我，央视打算去凉山高调直播。那一天只要凉山真的发生地震，全国的主流媒体都会被切换成央视的直播。世界都会知道我取得了多高的成就。

我打开任何一个软件或者网站，界面显示的全部都是这样的预告。

等等！我突然意识到，我早就忘了这颗定时炸弹，而且国家科学中心成立的时间晚于地震预测的这一天。这意味着，一切都还有变数。我一下子如同掉进了冰窟窿，久违的恐惧感重新回归了。

故作成功的伪装被我扯碎了。我不顾助理的阻拦，狂奔出去，我不想当一个大骗子。

我打的去了电视台。幸好电视台有人正好下班，并且恰好认出了我。于是，一场临时直播开始了。面对着镜头，我战战兢兢，远不像前几天那么镇定。

我一直都在打颤，仿佛是一个承认犯罪的罪犯。我几次三番打断自己的话语，用最拙劣的方式纠正错误，就像我现在走上电视台坦白一样。

我终于说出了最关键的话语："我觉得，预测成功完全是一个意外。现在我看来，最初尝试……尝试……就是用它，搞在……搞在民科研究上，只是一场……场很认真的游戏。"

我急得都快哭出来了，声音也成了哭腔："它不能那么当真的……"

……

然后我被编导拉下了台……这段申明在网上和电视上都只是昙花一现，还没来得及引起大众的注意就消失了。

现在还没到出结果的那一天，我还是学术英雄，是即将上任的科学中心副指挥，卢牛还是大度支持民间科学发展的开明投资者。我终于明白了，当成为英雄的那一刻，我的形象已经不再属于我了。

所有人都觉得我是救世主，他们相信我。但他们信错人了，我不是救世主，我只不过是个博士肄业的民科小跟班！失魂落魄的我，漫无目的地坐着出租车到处游荡。这场审判即将降临，而我竟然浪费了那么多时间，追逐一个幻梦。

夏帆呐夏帆，不作死就不会死啊！助理狂打我的电话，但我不敢接。我只想找一个尽可能远的地方，躲起来。

再次被找到时，我在网吧包间里面通宵打游戏。我惊悚地发现助理已经挡在了门口，他身后还有好几个人。

这是要逮捕我吗？我心中一惊。

他温和地说：“夏帆先生，您最近压力太大了。每天都应酬是很累的，很多人在突然成名后也很难调整好心理状态，容易崩溃。我请了好几位心理咨询师，您跟我回去，我们可以帮您慢慢排解压力。”

“那几个人是心理咨询师？”我不相信。

“不是。”

我的心凉了下来：“那我要是不回去呢？”

助理笑了笑，那种凉薄的笑就像刀刃一般刺入我的骨髓：“这可不太好，夏帆先生，您明天还有很多的邀约需要决定是否参加，您若不配合，我只能公事公办。”

于是，我被架了回去。

这几天我依旧参加一些活动，但兴奋劲已经退却。看到别人抛来的橄榄枝，我从心底里十分厌恶。我的邮箱依旧爆满，各种研究者找我联合署名，而且随便我是第一作者还是第二作者。短短几天，他们把我的研究和自己的相结合，写了各种解释地震预测合理性的论文。

但我连回复的心情都没有。

审判终于到来了。这一天，助理推掉了其他邀约，拉着我在化妆间等待。据我所知，央视的直升机正在凉山市上空飞来飞去，各种先进的拍摄设备尽一切可能地保证图像能传达出来。

演播人员在外面奔走，应对一切可能出现的情况。

而我只能苦笑。我在心里祈祷，无论什么神都行，请保佑我。时间一分一秒过去了，外面的声音也逐渐平息，但我越来越沉不住气。我打开手机，刷刷新闻，看看有没有新消息。

没有。

时间一分一秒过去，这一天也马上过去。

时间跨过了晚上12点，还是没有地震。

就在我和其他人的耐心都快被消耗殆尽时，一条惊世骇俗的消息传来——凉山没有发生地震，但是相邻的攀枝花市发生了地震。震中比事先预测的位置偏离了一百多公里，而且震级也不是预测的5.7级，而是6.8级。

由于盲信，很多凉山居民都逃到了攀枝花市，再加上政府对我的信任，也没有做足够的应对。原本用于保护人民安全的预测反倒因为错误造成了更大的损失。

直播也终止了。震中偏离了一百多公里，时间也没对得上，央视事先更没准备到那边拍摄；二来损失比事先预计要大，这不再是值得向国际夸耀的事情。

上天回应了我的祈祷，却用最恶毒的方式嘲笑了我。我如坠冰窟。地震本是天灾，但我把它变成了人祸。不过几分钟，萧正名告诉我，中心的事情，上面说还要再考虑，然后让助理暂时先回去报到。

这是很委婉的说法，是在通知我已经被放弃了。助理麻利地收拾好东西，头也不回地带着我的幻梦，翩然离开了。

尾声

我再次来到熟悉的汽车站，打开手机，给许冶钢打去电话。现在是半夜1点，他应该已经睡了，但我如同一条败犬，在乎不了那么多。我都不知道为什么会回来这里，摸摸口袋，只有不到1000块钱。

一直到现在我才发现，原来许冶钢这小子才是最聪明的人。他接我来到他租住的小房间，听他读经，他给我推荐了《论语》和《说文解字》。《说文解字》厚得像砌墙用的空心砖，而《论语》则带上了四五个版本的注释。这些都是中华古代文明的精华，但我只是听过名字，一点都没有读过。

真是贴心呢，冶钢。

我打开《论语》的注释，竟然还发现上面有写好的笔记。他将皓首穷经，但也许世人永远不会知道他。反倒是我，被一股妖风吹上了天，然后在到达南天门之前摔了下来。

我承认，我的精神正在崩溃，我在寻找寄托。

我宁愿这几十天的经历都只是黄粱美梦。但它发生了，真真实实地发生了。从宇宙的角度看，任何事情都是有概率的吧。只不过一切都将回归平静。

我没有受到处罚，只是不再有飞黄腾达的机会，反倒是整个社会都沉寂了下来。新的报道围绕着救灾开始，和我没有任何关系。邮箱不再爆满，那些和我互换联系方式的女性都把我从通讯录里删除了。我的父亲闭上了嘴，整天躲在家里，闷闷不乐。

大家都不想再提起我，虽然我的预报还是有一定准确性的。我相信在几百里外的那个城市里，此刻有无数的人在暗暗唾骂我。

科学界偶尔还有声音支持我，认为那只是个小错，能把地震时间和地点预测到这种程度已经很不错了。但这些声音很快就被淹没了。过了不久，那些声音又开始变化了，有人专门研究了我的代码和原理，认为我那次成功的预测只是运气好。

大众媒体发挥了更多的余热，他们找到了一起和我相关的诉讼案。按照原告公司CEO某华的说法，我的形象更加不光彩，成了一个窃取他人劳动成果的小偷。

许冶钢突然停止了读经。他看着我，粗糙的皮肤在昏黄的灯光下分外显眼："夏帆，你心不静，是听不进去的。"

"那我要怎样？"我朝他吼了出来，积聚的怒火瞬间爆发了出来，然后我朝他骂了一句。我也不顾这是在他家，对着地上的书堆就是一脚。某本书被我踢坏了，散落的书页随处飘散。然后我还觉得没解气，对着脸盆和饭碗又是几脚。

天呐，我把事情搞得一团糟。除了回自己家，这里已经是我唯一能来的地方了。

而许冶钢只是冷静地提醒我："这是障，你必须去破障。"

"呵呵，我的障，我去哪里破？"我抱着头，蹲在地上，快三十年的人生在脑海中快放，但我还是找不到问题所在。我的错误究竟是从哪里开始的？我早该在很多年前跳楼身亡，苟活到今天的我只不过是一个游魂。

他轻轻地抱住慌乱无措的我，窄小的身体瘦得触目惊心，但让我充满了温暖的感觉。好熟悉的感觉，我曾经拥有过不少温暖，但一一被我背叛了。他轻声说："你该回实验室。"

"开弓没有回头箭。"我咬牙低吟。除了父母，多年以来认识的人都差不多和我分道扬镳了。

"但你不是回头箭，你已经不一样了。预立则先破，他会接纳你的。"

会吗？被我背叛过的老卢，这个直爽正直的四川汉子，还会接纳我吗？我看着窗户玻璃，里面倒映出如丧家之犬一般的我，比好几年前还要狼狈。

但许冶钢不管我的踌躇，拨通老卢的电话，把他从深睡中唤醒。那辆几百万的车开到了站前，在安静的夜晚下异常突兀。

在这个充满雾气的夜晚，我再次见到了老卢，他穿着睡衣，脚下是一双拖鞋。他冲过来，看到了马路边的我，哈哈大笑。

"你个瓜娃子！"他用手拍拍我的肩膀，"喊我老奴就要的！走，我们去吃酒！"

"老卢！"我喊着，声音在寂静的街道上回响。

几天之后，我急躁地冲出房门看着手机。"夏帆，加油！"界面再次欢迎我。刚刚就有一种熟悉的感觉在催促我，果然我又忘了给挂钟调时间。

我拦到出租车，去往别墅区。

"我回来了！"新世界的大门缓缓打开，其他人都早我一步，正忙着各自的事情。他们甚至都没有惊讶我回来了，只是温和地欢迎我。

这应该是老卢打过招呼了吧，他害怕我心里有负担。我坐回了自己的位置，和许冶钢亲密击掌。这时老卢也赶来，晨会就要开始了。

我点开笔记本上的PPT，但转念一想，老卢这边也用不着。但我又想错了，老卢让人拿来了一部投影仪，并且放下一块幕布。

我笑得很开心。

一切都是原来的样子。这群家伙说着不着边际的理论，唯独我讲一堆他们都不懂的东西。

当然事情也有变化，老卢找到我，说要和我签个协议，大概就是说给我做项目，然后按照合同的数额提供资金。当然项目内容依旧是老卢和我共同的梦想。

我笑得更开心了，因为他依旧选择信任我，虽然用了签合同的方式，但实际上给了我更大的支配权。

我恰好还有关于为什么预测会不准的线索，只是一直都没来得及思考。我重启了研究，每天钻在数据和论文里面。我又做了好几次预测，当然有的比较成功，有的偏差很大。我甚至都找到了规律，越是以前发生地震少的地方，预测就越不准，甚至可能出现完全误判的情况。而预测出的地震发生的时间也相对固定，一直在18天到63天这个区间之内，差不多是中期流体异常的可能范围。

这里面的规律似乎很明显，但直觉告诉我没那么简单。

我没有对外宣布结果，只是安静地做了一次又一次的改进，看着预测系统一步步提高精度。中间有很多人找过我谈合同，但是我都一一回绝了。那些纸醉金迷已和我无关，我现在只是想做科研而已。

除了科研之外，我会经常看看儒家的书籍，倒也自得其乐。老卢整天给我张罗对象。要是碰到一个差不太多的，我也就认了。我想接受这差不多的人生。

某天，有人来到实验室。

她稚嫩的脸上还有青春痘，背着大背包，显得身材十分娇小。她从包里拿出一摞论文，其中有一两篇是我的。

她穿越大半个中国找到我，只为了和我讨论地震研究的问题。从她的言谈中我得知，她教育背景很不错。当我问及她对目前地震预测问题的看法时，她突然说：“您虽然成功考虑了地下水系系统，但是没有考虑矿物的作用，地下水系和矿物两个系统应该是互相耦合的啊！如果说地下水是地下的云，那矿物就是地下的山脉。”

真是一语点醒梦中人！我立刻拿出纸笔，写写画画，但转瞬间意识到把她晾在一边是不对的：“对了，你叫什么？”

“我叫滕叶子。”她眨巴着大眼睛，大大方方地看着我。

我放下了笔，口干舌燥。我望向这位热情洋溢的女孩儿，就好像看到了一片新的、充满希望的地震云。

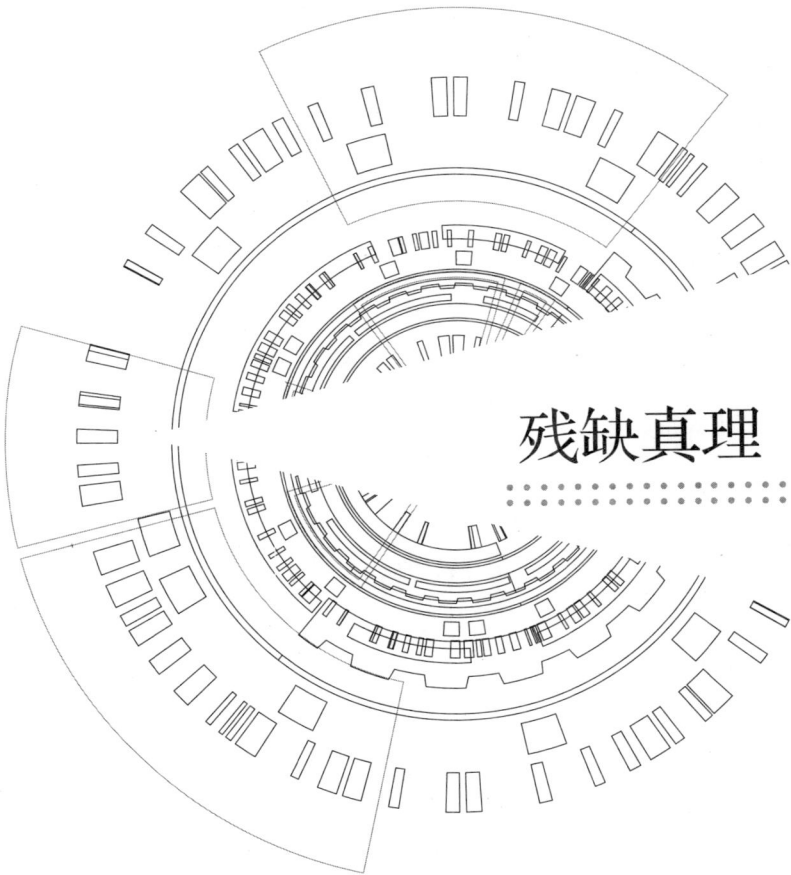

残缺真理

序幕

她坐着轮椅，来到了表演场地。

乐队成员正在调音。

她第一眼就注意到了打鼓的男孩子，但真正吸引到她的是主唱。虽然他不够帅，但是足够阳光。

人越来越多，她被挤到了边上，但她一点也不恼怒，因为她的要求不高，能听见歌声就好了。她拿出一本乐谱，把第一页撕去，揉成纸团。那一页上面写着"残缺"两个字。

她露出了满足的笑容，这是最后一个复印本了，里面书写着叛逆，是她即将舍去的人生。她将不再完整。而在那之后，她将专心去追赶父亲的足迹，用尽一切办法，不惜一切代价。

这是她的残缺真理。

一

舞台上的灯光聚在他的身上，汗水从全身上下流出。一场酣畅淋漓的演唱在观众的呼喊声中即将结束，他摇头晃脑，来了一个三连音，然后低下头，快速抚琴，怒爬音阶。观众们很诚实地发出呼喊声，在音阶升高到最高点时达到最高潮。

梁笑笑做出了摇滚乐的专属手势，台下的观众呼喊着他们团队的名字，要求再来一首。只可惜，台下的自动机器人已经提醒他，场地的借用时间快到了。

他和乐队的同伴对视，浅浅一笑，今天就到这里吧，一会儿还会有无数的姑娘、小伙儿来问他们要联系方式。

果不其然，好多女生关注了他们的微博，他和其他几个人的留言板被疯狂地刷屏。阿方收到的私信最多，因为他是乐队的颜值担当。每次打起鼓时，汗水都会浸润衣衫，露出他粗犷的肌肉线条，而他的表情同样迷人，在聚光灯下闪闪发光。

大学里面从来都不缺乖乖的女孩子，她们总是会被音乐的魅力感染，散发出幸福的光芒。她们最终都会成为社会上的一颗螺丝钉，但还不是现在。仿佛在她们不长的人生中，只有音乐能带给她们如此的解脱和奔放。

"晚上有约。"阿方摇晃了一下手机，和所有人一一击掌。

"果然是他最快。"贝斯手刀子酸溜溜地说，"笑笑，你有没有收获？"

梁笑笑摇了摇手机："有，你们说我是去吃海鲜好呢，还是去吃烤肉？"

只有吉他手阿郎在角落里一声不吭。

笑笑有些奇怪地看了他一眼，但转眼就忘了。他走出休息室，月光晴朗，心情舒畅。他翻看那个女孩儿的照片，只有少量自拍，从来没有全身像，而且她似乎很喜欢坐着拍照。

总之，他根本不需要走入对方的内心。那些女孩儿看到他闪闪发光的一面，心灵得到满足，身体的渴望就会被打开。他最多只需要听一段有趣或者无趣的叙述，摆出赞许或心疼的表情，就能收获到结果。

当然，他不会忘了把心爱的吉他背上。无论走到什么地方，这把吉他总能给他带来更多的安全感。

见到面的那一刻，梁笑笑以为自己看错了。那个女孩儿确实和照片上一样甜美，只不过她是个残疾人，坐在自动轮椅上，两只手插在口袋里，也不知道那双手是不是真的存在。他和不少女人约过会，但还是第一次遇到残疾人。

一丝不快略过他的面部，旋即隐没在偶像般标准的笑容之后。

女孩儿笑着说："能让我摸摸你的吉他吗？"

他笑了笑："可以。"他有些怕女孩儿下手不知轻重，不过反正她坐在那里，有他看着也不会出什么事情。

女孩儿接过吉他，轻轻抚摸。

梁笑笑闻到了女孩儿头发上的香味，很浓。他这才发现，原来她带上了弹吉他用的指拨片。这让他稍微有了点兴趣："你会弹？"

女孩儿试了音，手法明显有些生疏，但看得出来以前也是练过的。她回答道："以前会。"

"那为什么后来不弹了？姑娘，你的声音很好听。"他开始想象，是什么样的变故导致女孩变成今天这样。

女孩儿摇了摇头："突然觉得没必要了而已。你未来的目标是什么？"

梁笑笑开心地笑了，这件事情上他完全没必要隐瞒："我想成为摇滚歌星，想写出一首完美的歌！"

"完美的歌啊。"女孩儿并没有露出羡慕的表情，"你知道残缺真理吗？"

很莫名其妙的词语。他摇头，只当女孩儿有些神经质："那是什么？"

她没有正面回答，语言温柔得仿佛在挠痒："那不重要。我听到你写的歌，突然想到罢了。你应该继续下去，哦，对了，我有个东西送你。"她在轮椅上搜索了一番，拿出一本乐谱。

他不以为然地收下了，扫了一眼却发现那是从来没有看到过的谱子。他立刻明白了，这大概是这姑娘以前写的，只是她不再继续弹了，所以希望他能够把自己的乐谱做成音乐。类似的狗血桥段，他不止一次地遇到过。那些初学者，真的以为能给他这样的天才带来什么灵感吗？

虽然假装认真地收下了，但他在心里已经给乐谱判了死刑。他的信仰从未动摇——我梁笑笑才是最厉害的人，没有谁能影响我的音乐，我要写我的音乐！要不然，他就不会退学搞音乐了。

女孩儿捂着嘴，仿佛看到了好笑的事情。

梁笑笑问道："就这些？"

"对，就这些。"

"你没有其他东西要给我吗？"

她狠狠地剜了梁笑笑一眼："没有，你想到哪里去了。我的妈妈不会允许我夜不归宿的。"

梁笑笑耸了耸肩："好吧，别把我想得那么邪恶。"他其实暗暗高兴着，在手机上偷偷查看下一条私信。幸好这妞儿没耽误他太多时间。

两人就此挥别，这只能算梁笑笑人生中的一个小意外。

一夜之后，梁笑笑在酒店醒来，看了一看旁边那具躯体。那具躯体翻了个身，露出光滑的背部。

她很白，除此之外他对她毫无印象了。就像他的很多前辈一样，他天天在女人堆里面醒来，却越来越无法分辨出女人的不同。

当然，他也听不清她们的名字和话语。即使女孩儿们和他说了几百遍自己的名字，他都记不住她们名字中任何一个字。

这能怪我吗？梁笑笑在浴室镜子前，做了一个无辜的表情。他喜欢这样的生活状态。

在各个校园巡回演出时，他们的乐队偶尔会被校园保安驱赶，但更多的时候是被粉丝包围。如果说还有什么能让他感觉到有挑战的，那就是被邀请去参加全国级别的摇滚乐盛会。

就在这时，一个电话打断了他的思绪："笑笑，你上次的新歌我看过了。"

是他的音乐监制，同时也是发掘他的人。梁笑笑摸了摸脑袋："怎么样？"

"有点太循规蹈矩了。"监制叹息道，"新人的专辑要打响，必须要有些特殊的东西。"

"好吧，我再努力一下。"梁笑笑开动混沌的大脑，"等我巡演完就去找你。"

监制在电话另一头连连同意："嗯嗯！"

新歌被否了，这事情得赶快找大家去商量。梁笑笑悠闲的早晨还没开始就结束了。卧室传来响动，那个女孩儿应该醒了。

他看着那个女孩儿说："不好意思，我得走了。"

女孩儿一脸惋惜，要求最后合个影。

解决完这边，梁笑笑收拾自己的东西准备离开酒店时，他看到了那本乐谱。他想起来了，这是昨晚那个残疾女孩儿给他的。

一个新手写的、错误百出的乐谱，那可是再让人开心不过了，也许能给自己找点乐子。他拿出笔，想好好批判一番。他边看边哼，突然发现调子挺好听，很有味道。要不是吉他不方便拿出来，他早就该弹弹了。

他旁若无人般地在地铁里继续哼下去，写写画画。等到意识到时间流逝的时候，他已经在环线上转了三圈。

这是一个好曲谱，质量高得让他难以相信，而且有种莫名的高雅气息。真是天才啊！

那个女孩儿究竟是何方神圣，难道是某个大乐队的专业作曲？仅仅只是简略地哼了下，他竟然能记住旋律。

他来到临时驻地，在一堆器材中聚精会神地写词。他毫无睡意，全身心地投入到创作中。再加上他和她相遇的情景，填词也突然变得明晰起来。

一个残疾的女孩儿，她的呐喊，对世界的反抗，命运、不甘心、梦想、爱情……那些词汇和意象在他脑海中团团转，从水塘汇成河流，从河流汇成大海。

几个小时后，梁笑笑完成了第一版的歌词。这首歌该叫什么呢？他琢磨一下，挥笔写下了"残缺之爱"四个大字。

乐队的人很快赶到，震惊于他的神速。

刀子兴奋地扑到他背后："你什么时候写的啊？"

"刚刚。"梁笑笑得意地说。他转念一想，这样很不妥，因为乐谱是那个女孩儿写的。等等，她叫什么？算了，这种小事儿现在没人在乎。

他复印了曲谱，把临时驻地当作排练室，马上就开始练习。

感觉非常棒！他从来没有觉得写词是这么顺畅的一件事情，也是第一次认识到以前写的曲子都是垃圾。

挥洒完汗水，他们要启程离开了。众人把东西搬上车，然后吃了顿快餐。车上，大家都很满足，纷纷睡去。

梁笑笑却久久不能睡去。那个女孩儿？他查找记录，却发现已经忘了对方是哪个了。他还是第一次诅咒自己的健忘。

好吧，要冷静。他揉了揉蓬乱的头发，回想昨晚与那女孩儿见面的地方。他按照记忆中的场景画了下来，然后利用手机地图模糊搜索。

地图搜索出十几个地址，他再用这些地址去找通话记录，终于查到了记录。他再次看到了那个女孩儿的坐式自拍。真想亲自和她说声谢谢啊。梁笑笑想。

但直觉告诉他，他们还会再见面的。一定会！

转眼一个月过去了，他们要去上海演出。听公司里的人说，竞争公司签了一个奇怪的新乐队，由著名的张大监制负责。这成为圈内不小的新闻。

不全者乐队，如其名字，是一群身体有部分缺陷的人组成的乐队。耐人寻味的是，不全者乐队第一次出现时，梁笑笑他们也在场。当时他们在草莓音乐节上，双方占据着两个不同的位置，但共同点是，双方的主打歌竟然是同样的旋律，只不过填词和歌名不一样。

那一次之前，梁笑笑还只是从乐迷中间听说过这个乐队。这一次去上海，他提前得知不全者乐队会出场。演出休息时，他们跑到不全者乐队的舞台下，想要看看这个乐队究竟有多神奇。

他们确实足够神，因为看起来好像有很多残疾人，和"不全者"的名字相符。他深知，如果仅仅是演出人员有特殊情况，观众不见得就会买账。

如果说一开始，梁笑笑是抱着嘲笑的眼光来的，但后来他就笑不出来了。他发现这群人的歌写得中规中矩，然而表现力非常强大。和阿方的那种热火不一样，他们的表演里面总有种奇怪的东西。

梁笑笑并不理解那是什么，但他可以感受到，如果他仅仅是一名普通观众，不用背负那么多思考，肯定会为此痴狂的。他转过身，发现刀子、阿方还有阿郎都是一副如痴如醉的神情。

整整听完了两首歌，他才意识到自己的时间到了，该回去继续演唱了。

而不全者乐队这时候正好开始下一首歌的预热。

他刚刚走出去，就听到了熟悉的旋律。那正是《残缺之爱》的旋律！他一下子愣住了，上次他听歌迷说，不全者乐队有类似的歌，他还一度怀疑不全者乐队偷偷抄袭了自己的。

这不是抄袭，女孩儿也给了他们乐谱。那首珍贵的歌，天才一般的歌，可能不是只送给我的！

那天到后来，梁笑笑的表现都有点不正常。虽然他很尽力地去展现了，但不全者乐队在他心中挥之不去，那个女孩儿的影子也和不全者乐队交织在一起。

她为什么要把乐谱给这么多人呢？梁笑笑踌躇着，在舞台上显得有些犹豫。

第一首歌表演完后，刀子偷偷提醒他："笑笑，我们的《残缺之爱》不比他们的差，一定！"

笑笑转过身看刀子、阿方和阿郎，大家都满怀期待。

是啊，他们在等待着我。梁笑笑突然大笑出来，为自己的犹豫踌躇感到好笑。他感觉心中的太阳升起来了！

他只想完美地表演，没有时间去思考高深的问题。他释然了，对于一个真正追求音乐的人来说，还有什么比享受音乐更让人开心呢？

放下了那些乱七八糟的想法，他和乐队再次起飞。

一首歌唱过，现场气氛达到了高潮，不少粉丝是不远万里赶来的，他们纷纷要求再来一首。

梁笑笑朝他们挥手，扫视四周，突然停在了某个地方。那个女孩儿就在观众席里面。

已经快忘了怎么分辨女人的他，突然再一次注意到了她。她叫啥来着？他突然恨死了自己，为什么这么重要的东西记不得。他的预感是对的，她肯定是来这里看他的！

梁笑笑超级想见她，想问一下她乐谱的来源，以及她与不全者乐队的关系。

退到后台，他换了假发套，然后戴上墨镜，急匆匆出去了，甚至没和乐队成员们打招呼。

梁笑笑在人群里面寻找。如果她还是坐着轮椅来的，那肯定很好找。他转遍了整个场地，气喘吁吁，却没有发现任何残疾人。

难道她已经离开了？他不信。他最后想起来自己还忘了不全者乐队。

不全者乐队还在表演，此刻他们演唱的歌曲是一首带有死亡颓废气息的重金属摇滚。梁笑笑听着听着入迷了，跟着人群舞动起来。

一个破音，像喇叭发出的声音一样刺耳。梁笑笑推测这多半是故意的，如果不出意外，不全者乐队会继续营造荒凉的气氛，然后突然拔高声音，让这首歌进入高潮。他望向四周，突然发现旁边的女孩儿有些面熟。

她穿着和那天差不多的服装，也有一张差不多的脸，更是差不多的恬静，只是没有差不多地坐在轮椅上。她拥有一双完好的腿，在超短裙的映衬下大方地展露着。

他有些不确定，是她吗？不是她吗？万一认错了？

不不，他不愿意错过任何机会，大不了再用一下偶像般的标准笑容嘛。他拍了拍女孩儿的肩膀，迎上她的目光。

"梁笑笑？"女孩儿第一眼认出了他。

"呃……你上次给了我一份乐谱，对吗？"

"对啊。"女孩儿的眼睛在笑，"我听到你写的词了，挺好。"

梁笑笑摸了摸脑袋，脸通红，眼睛往下瞟了下："挺好，哈哈。那个……"

女孩儿转过头，继续看不全者乐队的表演："你是想问我的腿怎么回事吗？"

他说："嗯！"

"要不我给你现编个关于梦想的故事，你来为我转身？放心好了，我不是真的残疾。但我确实那样生活了好几个月。"

"好吧，我还以为你是高位截瘫呢……"

女孩儿扑哧一笑："我还以为你为上次没约到我吃饭而可惜呢！"

他急忙摇摇头："不是，不是，不是！你别误会我。姑娘，我想道个谢。你的曲子写得真好，我很想好好认识你。"

"我好像告诉过你我的名字，聊天时。"女孩儿假装不高兴。

他只能摸摸头："那个，我后来没记住。"

"那你再记一次，我叫……"

而此刻，不全者乐队的歌唱正好达到高潮，那段声音把两个人的对话完全淹没了。

梁笑笑发现自己还是没听清楚，等到高音过去，他又不好意思说没听见，于是问了下一个问题："你和不全者乐队有关系吗？我听到他们也用了那个曲子。"他在嫉妒，为什么他们也能得到女神的馈赠。

"没关系，但是我很欣赏他们。其实，那首曲子我给过很多乐队，只是想找出哪个乐队填的词最好。"女孩儿望向不全者乐队，眼神中带有某种光辉，"毕竟是我写的曲子。"

那是他未知的东西。他一直以为自己已经很了解女人了。他束手无策，假装和周围人一样兴奋地呐喊、欢呼，以便掩饰慌张。过了一会儿，人群和舞台安静了下来。他小心翼翼地探寻道："那你最喜欢谁的歌词？"

女孩儿狡黠地笑道："反正不是你。"说完话，她再次望向不全者乐队，用行动说明了一切。

她早就有了选择。事实上，不全者乐队堪称今日最佳。

他心情复杂，第一次嫉妒其他的乐队。

从未有过的挫败感萦绕在梁笑笑的心头。就算他再不想承认，也得说，不全者乐队确实有某种魔力。那种魔力很可怕，总是能把人吸引住。他不明白，为什么他们能做到呢？刀子已经是他见过的最好的贝斯手，阿方是他从另外一个学生乐队挖过来的王牌架子鼓手，乐队里面每一个人都堪称翘楚。他们究竟差在哪里？

迷惑、愤怒、失落，无数种情绪在他习惯假笑的脸上打架，没有安宁。

"为什么？"他问道。

"你不理解的。"女孩儿笑着说，转身离去。

这次他不会再让她走掉了。他跟了上去，想得到问题的答案。

女孩儿却一路没理他，只是正常地坐公交车，然后换乘地铁，最后去往列车站。在门口，她仿佛想起来这位不屈不挠的小跟班，突然说："去买票吧，去我的城市。我坐的车是9点13分开。"

梁笑笑毫不犹豫，向售票厅跑去。

这几分钟仿佛特别漫长。他真怕这个姑娘会骗他，然后自己乘车溜走。但他相信她不会那么做的。她有某种秘密，而且要向他展示。可能那会是一个可怕的深渊，可能是都市盛传的割肾传说，也可能是传说中的神秘生物……

总之，他着了魔。他想知道，无比想知道，比任何时候都想知道。

买完票，他发现女孩儿果然在等着他。

如果换成以前，梁笑笑肯定就蹭过去了。但现在不行，他知道。他在旁边坐下，不安地等待着时间流逝。而女孩儿一脸淡然，大部分时间只是在走神。

他问道："你是要带我去看'残缺真理'吗？"

女孩儿又是扑哧一笑："你以为那是一本秘籍吗？"

她的面容仿佛带有一种圣洁的光辉："残缺真理是看不见的。"

"那它到底是什么呢？"

"你会看到的。"女孩儿说道，然后又恢复到古井无波的状态。

三

如果说梁笑笑是一块大火炭，那这姑娘一定是一块大冰块。他很难想象，他竟然一路一句话都没说，而女孩儿竟然能安安静静地一路正坐，当然也从来没睡着。

她在想着什么？

他思考着，也清楚她的想法可能远比自己的复杂深奥。从一开始就是，他在这个姑娘的面前就像一个没穿衣服的小丑。她甚至都不在意他不怀好意的打量。

时间一分一秒地过去，列车到站，两个人下车。梁笑笑责怪自己的唐突，尽管这也许只是种本能。他跟随着一个女孩儿来到了另一座城市。

她叫了一辆出租车，顺便捎上了梁笑笑。

"我们这是去哪里？"

"我家。"女孩儿淡然道，"我爸妈不会放心我在外面的。"

梁笑笑"哦"了一声，心想难道你爸妈放心女儿把一个野男人带回家？但是其实也很难说，万一就像都市传说那样，这个女孩儿只是个机器人，而她的父母是疯狂的发明家呢？想到这里，他又笑了笑，在脑海里否定了所有不切实际的想象。

实际上，很可能她家就是一个普通的小康之家。一个和他母亲一样平凡的中年妇女出来开门，然后一脸惊愕外加惊喜地看到女儿带回来一个男人。再然后应该是大家一起吃饭，顺便她父母对自己来个三堂会审。最后他半夜爬起来，会听到她和父母的争吵声，如同三流言情喜剧中一般。

他差点笑了出来，其实这是最美好的想象吧。

汽车到了地方，一座城中别墅，而且还是配有游泳池的那种。梁笑笑的嘴巴几乎成了"O"形，这剧情往"汤姆苏"方向发展了。难道他真的这么幸运？

从大门一直到柜门，所有东西都是全自动的。而梁笑笑想见对方父母的愿望落空了。他不无遗憾地问道："你父母不在家吗？"

女孩儿打了个响指，一个机械臂自动为她送来咖啡。她品尝了一口，再做了个手势，又出现了另一个机械臂，往杯中加入了牛奶并开始搅拌。

难怪她总是不动，因为生活中她就不需要怎么动。

她再尝一口，显然味道对了："不在啊，他们去巡演了。你不用打坏主意，我不喜欢那样。"

梁笑笑不知为何有些委屈，他可真没想什么坏主意。不过受到女孩儿的动作启发，他也打了个响指，然后也模仿了手势。

毫无反应。

女孩儿被他逗笑了，说道："有个动作，可是能召唤自动防卫系统的，你要不要试试看？"

"不……还是不用了。"

"别那么怂嘛，你可以试试，看看会不会被机器人电晕后送到警察局。"

梁笑笑摇摇头："不要，电完，我的发型就乱了。"

"就你那一头草鸡毛，我理得都比你这个好看。"

"是吗？我可以授权你动我的头发。话说，我们就坐在这里喝咖啡吗？"

女孩儿翻了个白眼："别急。我先带你到处看看。"

她站了起来，往二楼走去。

梁笑笑这才发现二楼看上去更像是陈列室，这里有无数的奖杯。虽然他不玩古典音乐，但大概了解这些奖项代表多高的成就。看来她的父母很可能是古典音乐的大师，难怪她会放弃摇滚乐。毕竟对很多古典音乐家庭来说，任何现代流行音乐都是异端，甚至可以说是伤风败俗的。

她肯定不是为了炫耀，如果只是炫耀家世，她该告诉他这个古典乐小白这些奖杯的含义。她只是安静地引路，走过一个个荣誉，淡然得仿佛天外飞仙，沉静得如同她不曾存在于这个世界上。

虚无缥缈。他深思熟虑后认为最好用这个词语形容她。也许等到人生结束，他还是无法抓住她的裙脚，哪怕一小下。

下一个房间，一个巨大的琴房，里面放置了几乎所有会在交响乐里面出现的乐器，一些名贵的小提琴被保存在琴盒里，并用玻璃密封。这里空间很大，可以想象一群人曾在这里排练。

但女孩儿的目标却是一直向里。在一个名贵的小提琴盒后面，她找到了一个按钮。一个暗门自动打开，里面是一张床，旁边的工作台上，无数的机械手臂狰狞地立在空中，暗示着它会对床上的人做出什么。

如果这是一个梦，梁笑笑一定会在梦里兴奋起来，但真实情况是那天他吓得差点腿软跑路。在这个房间里面，只有他、一个让人琢磨不透的女孩儿和一间密室。

女孩儿往床上躺去，一点都没有害怕的意思。

作为一个大男子汉，他怎么能打退堂鼓呢？梁笑笑问道："你难道是机器人？"

"不是。"女孩儿很坚定地回答道。

　　然后机器手臂们开始了工作。一个类似头套的东西被罩在女孩儿的头上，工作台的小显示屏上显示出人头的形状，里面是无数的波动。

　　"这是什么？"

　　"靠血氧浓度测量大脑活动区域的仪器，我想再解释估计你也不明白。"女孩儿淡然道。

　　"对，这太学术了。我高中生物只有……"

　　女孩儿说道："好了，不要和我说你是音乐自招生，成绩不好什么的了。我也是艺术特长生。"

　　"好吧。"梁笑笑点点头，继续看着，"这是要做什么？"

　　她说："小手术，剥夺我的某部分感觉。"

　　"怎么做到呢？"

　　她指了指那些机械手臂，梁笑笑这才观察到它的结构远比想象中复杂。上面有一些小的文字，但他不认识。

　　女孩儿只好解释："听说过光遗传学吗？"

　　"能简单点解释吗？"

　　女孩儿仔细想了想，俏皮地说："不能。简单来说，就是通过植入光敏蛋白配合光线控制你大脑的通路。比方说，你现在正在害怕，怕成为小白鼠，那我就给你体内管恐惧的神经细胞植入光敏蛋白。如果给你的神经细胞照射蓝光，你就会停止恐惧，如果给你的神经细胞照射绿光，你就会突然非常恐惧，就是类似这种手术。"

　　梁笑笑好像懂了，他说："那就是说，假如你想让我吃屎，就给我管吃屎的神经细胞植入光敏蛋白，然后给我绿光，我就会突然非常想吃屎了，对吗？"

　　女孩儿哈哈大笑起来："哪有这样的？其实它的控制没那么精确，因为我没办法知道，你管吃屎的神经细胞是哪几个。要不你来试试看，我来查查具体需要哪些神经细胞？"

"那还是不用了。"

女孩儿继续科普扫盲："那么细的事情没法管。不过大一些的，比方说由一片区域管理的功能，可以用它改变。比方说前几天你见到我时，我的双腿就失去了知觉。"

"可是，那是为什么呢？"

"因为残缺真理啊。梁笑笑，你知道为什么你到现在还不记得我的名字吗？"

他想知道，想了解女孩儿，想洞悉她所说的残缺真理到底是什么！他英俊的脸上因为羞恼而成了猪肝色："我……那时候声音太大了。"

"不是，是因为你没认真听，没用心听。我父亲常说，必须放弃最方便的感观才能听到世界的声音。"她如此说道，然后发出些许痛苦的呻吟，"一会儿稍微扶着我点儿，我要失去视力了。我能相信你吗？"

他使劲地点点头："能，任何时候都能。"

女孩儿的回复让他瞬间温暖起来："我相信你，我听到你的心跳了。"

机械臂开始运动，淡淡的血腥味溢满了小小的房间。

这之后的几天，是梁笑笑最快乐的几天。虽然他和这个女孩儿没有发生任何香艳的身体接触，但他已经很满足了。其实有两次，气氛都安静了下来，欲望充沛的男孩儿面对着毫无防备的女孩儿，粗重的喘息在密室里分外刺耳。

但他忍住了。

每一天，女孩儿都会让身体换一种不同的残疾方式，看起来很奇怪。习惯之后，他却发现这是一个天才一样的做法。她确实听到了某些不一样的声音，知晓了不一样的东西，距离人世越来越远。

也许世界的声音真的存在，只是大家被方便的感观给耽误了。

他天天都弹吉他，而她天天都在写乐谱。他也尝试写了一些词，但是总觉得还差了点儿什么。有一天，女孩儿在他面前弹奏钢琴，他突然醒悟到自己究竟缺了点什么。

他太浮躁了，总想凭着所谓的天赋才华一步登天，却忽视了那些该听见和写出来的声音。在此之前，他的歌总是那么浮夸，无论歌词还是乐曲都是简单粗暴的直接冲击，缺乏深度。

不知道从哪一刻开始，他突然开始期盼自己也是一名残疾人。

仿佛为了回应他的期盼，某一天，女孩儿希望他躺在那张床上。她的身上有一种非常浓郁的香味，和初见那天晚上闻到的一模一样。

"是什么牌子的洗发水？"他问道。

"法国的小品牌，说了你也不知道。它味道浓，最适合掩盖气味了。"

虽然即将变得残缺，但他总觉得离完美更近了一步。

只不过，美好的时间太过短暂，短暂得就好像没有真的发生过一样。

四

他陷入了相思。

相思是一种病，但对于创作来说，再好不过了。几个月的时间，他完成了相当于一个唱片专辑那么多的歌曲。

不过刀子很奇怪地发现，梁笑笑经常在家蒙着眼睛，甚至上街也是。

那个女孩儿教会了他很多，虽然他暂时无法拥有那些先进的仪器。他蒙上眼睛时，仿佛拥有了第三只眼睛。声音，无数的声音，他没注意过的声音。世界一直在说话，只不过人们不会倾听。

他终于领悟到，为什么女孩儿总是说要寻找残缺真理。这个世界总是这样，只有舍去才能获得，就好像他为了出道，舍弃了美好的大学生活。

几个月下来，他写出了一个专辑的歌。监制看过之后表示非常满意。

就在一切顺利的时候，变故却突然发生了。有一天，刀子告诉他，阿郎要退出。

这个消息如同晴天霹雳。阿郎也是退学搞音乐的，按理说不会选择退出乐队。梁笑笑他们发了好几天的信息，终于得到了他的回复。阿郎回复的时候已经在国外了。

原来，阿郎的父亲还是觉得他没拿到大学学位就搞音乐不太好。这位固执的父亲带着一伙儿亲人找到阿郎，轮番轰炸，终于强迫阿郎答应先去国外留学。

梁笑笑很生气："他怎么能答应呢？我们要一起走上最大的舞台，唱最好的歌啊！"

刀子拦住他："好了，我们都是好多年的兄弟了，阿郎肯定有苦衷。再说你也没办法去国外把他追回来啊。"

阿方也劝道："阿郎很够兄弟了。我们这些人的学校不提，他的学校是好学校。当时你说要退学，他说退就退了。还有我们签约前的费用，包括住宿的费用，他承担的最多。但是他家里有产业，以后是要他继承的，如果一直跟我们搞音乐，他父亲肯定不答应。"

那天的酒很苦涩。三个大孩子再次山盟海誓了一番，发誓有一天一起站到最高峰。他们还特地学起了刘关张桃园三结义，喝了带血的酒。

乐队从四人变成三人，就好像桌子突然缺了一角，梁笑笑只能重新操持起吉他，一段时间下来，他的吉他水平大有提高。

难道这也是残缺真理？他暗暗地想。

专辑的制作紧锣密鼓地进行着，毕竟对于新人们来说，时间就是一切。

很快，专辑发售。比较于更常见的四人组合，他们的三人组合显然有些特立独行。恰好他们退学搞音乐的事情似乎迎合了某种社会思潮，在无数自媒体的鼓吹下，他们成了大学生追逐梦想的代名词。一来二去，他们竟然出名。无论是刀子还是阿方，各个都有了自己的后援团。

只不过，有件事情让梁笑笑很不快——那支不全者乐队比他们还要火，在多次比赛和榜单中都稳稳地压住了梁笑笑。这让他妒火中烧。

他尝试联系过那个女孩儿，想约她见面。但她却告诉他，她去国外的音乐学院留学了。只不过，她走前给梁笑笑的专辑写了点评。

又是去国外，他联想到突然离开的阿郎，便觉得自己真是恨死了外国。

当然，他仍旧在继续着自己的美好生活，虽然这备受人们诟病。

作为一名偶像，私生活不检点还是广受指摘的。但唯一的好处是，他现在光靠听就能分辨出女人的不同。

有的人自信便脚步轻快，有的人有隐疾就会略微犹豫，有的人初入世界便不知所措，还有的人饱经风雨却在欲海沉沦。

这些不重要。他听到了更多的东西，她们的热爱，她们的苦难，她们的辛酸，她们的希冀。当他习惯了之后，世界再次开始变得无聊起来。他突然写不出歌了。

这次停顿了很久。同期出道的不全者乐队已经推出了第二张专辑，而梁笑笑他们连半首专辑都没凑够。

当然，事情也有点微妙的变化。比如阿方，他在这段时间参演了一部偶像剧。梁笑笑、刀子还有阿方特地在一起看了第一集。当阿方饰演的男四号伴随着"事故"出现时，他们一起发出了惨绝人寰的大笑，差点害得楼上的人报警。

监制找到梁笑笑，提醒他，最好抓紧点儿。

他心里也着急，无奈就是找不到突破口。就在这时，一条消息不期而至。

"我回来了，最近有演出吗？"来自她的消息。

梁笑笑兴奋得冲出了排练室，回复道："没有没有，特别闲。"

"啊，那可能看不到你了。"

他又喜又悲，这言下之意是她喜欢我吗？早知道刚刚随便说自己要在哪个酒吧演出了，反正这种活特别好接。

"如果你想看，我可以为你演出。"

"谁知道你为谁演出，你的花边新闻，咳咳……"

梁笑笑真想把不争气的下半身切去："不要在意细节。那个，你要是不能来的话，我过去看你？"

"不用，我就在北京音乐学院。"

他立马和刀子、阿方打了招呼，打上出租车，疾驰而去。

他来到约定的那栋楼。说实话，他挺奇怪为什么要约在这种地方见面，离食堂也不近，附近也没有什么景点。

十分钟之后，他看到了她。

熟悉的香味，淡青色的衣服，她看上去还是充满仙气。

梁笑笑看呆了，因为她哭了。她哭的样子只是个普通女孩，仙女掉落凡尘，会让人心碎的。

他迎了上去，想给她一个拥抱。

但仙女避开了，她拒绝任何形式的接触，眼泪也是自己抹去的。两个人在校园小道上缓缓步行，一直走到操场，一直无言。

泪水渐渐干涸。她转过头，眼中只有这位刚刚出名的青年："没事，别问我为什么。"

怎么可能没事？他刚想开口，又被女孩儿的眼神逼了回去。按照常理推断，女孩儿迟早会告诉他的。他现在要做的，就是温柔地照顾她。他露出阳光一般灿烂的微笑："好啦，吃点好吃的吧。"

"嗯。"

在女孩儿的要求下，两人随便进了一家路边店。

女孩儿问："我叫什么？"

完蛋了。梁笑笑摸了摸头，冷汗直流。

"好了，我知道了。"女孩儿低下头，看不出来是否失望。

为什么又忘了呢？因为她的名字很普通吧，普通到像大街上随意遇到的路人。他转移话题："你在国外学什么？"

"作曲。"

"好厉害！像我都是随便乱来。"

"也就那样。"女孩儿摇摇头。

梁笑笑故意哼了一段《残缺之爱》，引得女孩儿停住了筷子。

他们再次对视了，她很快移开了目光。她说："为什么要取这个名字？"

"因为感觉吧。"梁笑笑得意道，"我们分别的第二天我就跟着乐曲写词，然后写成就觉得这个名字最合适。"

女孩儿放下了筷子："你知道为什么我更喜欢不全者乐队的填词吗？"

"难道是因为题目吗？"

"你不会理解的。"女孩儿顿了一下，"以后，我可能见不到你了。"

"为什么？"

"不为什么，反正我还会出国，去意大利。"

梁笑笑不喜欢这个话题："我也可以去。"

"不用了，我不会告诉你我在哪里。你更想要的，是你的舞台，是那首完美的歌。陪我扔点东西吧。"她的语气不容置喙。

梁笑笑陪着她，去往奥体中心，他们一起坐电梯上到"大钉子"的顶层。女孩儿从包里拿出一大叠纸，直接扔了出去。

几百张纸，在空中飘扬。梁笑笑看去，那些纸竟然都是乐谱。他看着女孩儿兴奋的表情，不由得一阵心疼。也许她就是因为这些乐谱而哭。

保安大喊着找到他们，谴责他们的行为。而女孩儿只是安然地笑着，仿佛是一个不碰凡尘的仙女。

梁笑笑没敢问出口，为什么要扔掉那些曲谱。直觉告诉他，如果问出口了，也许以后就再也见不到她了。她一向说到做到。

临别之前，她问道："你还有什么想说的吗？"

梁笑笑回想起在密室里的经历，说："我想知道，怎么样才能追寻残缺真理？你那天做过的，我也想要。"

女孩儿拿出便签，写下一个名字和地址："找他吧，他知道的。"

她拒绝了梁笑笑送别的请求，走进地铁站。

梁笑笑看着地址，发现这地方离他还是挺近的嘛。

第二天一早，他就去找了传说中的陆医生。在虚报了一个不存在的病症之后，他成功见到了陆医生。

陆医生和善可亲："你哪里有问题？"

"我有脑……"梁笑笑想起来意，立刻打住，"那个，我是她介绍来的。听说，你这边能搞到做光遗传学实验的仪器。"

陆医生看着那个号码和名字，捂住了头："你和她什么关系？"

"算好朋友吧。"

他突然张大了嘴："可是我不认识她啊。"

梁笑笑哭笑不得："陆专家，您的演技太差了。我可是知道的，在南京某栋别墅的一个密室里面……"

"停停停！"陆医生做出"嘘"的手势，"别瞎说话。那种事情绝对没有。咱们好商量。"

"行，好商量。我出钱，你帮我买，顺便教我怎么用。"梁笑笑直截了当。

陆医生摇摇头："这件事情没那么简单。我那时候买那套器材，是为了完成博士后论文，根本不是为了用在人的脑袋上。后来，因为我和她爸爸是好朋友，顺手送给了她爸爸。这方法我能教你，但是器材，你肯定不能通过我买。"

"为什么？"

"我现在有单位啊。每年能买什么，该买什么，都不是我能决定的。

而且，购买那些器材本身也比较麻烦，可能会有审查。像我以前就买过，现在再买一次，怎么蒙混过关？"陆医生凑过去，"但是还是有办法的。"

梁笑笑兴奋地问："什么办法？"

陆医生严肃了起来："首先你要有一套偏僻的别墅，而且我也会收一笔佣金。"

"这，可以有！"

陆医生眉头顿展："你要有一个没有任何挂靠单位的私人医生，让他签字申请购买。"

梁笑笑根本不认识这种人："老哥，您能帮我找吗？"

陆医生急忙推脱："不太好吧。你想我那些老同学，对我知根知底，我突然这么一说，他们肯定觉得没有好事情。换成是我，可能愿意帮我朋友担保，但肯定不愿意帮我朋友的朋友担保。你说对不对？"

好像很有道理的样子。梁笑笑愁眉苦脸，只好打算回去再问。他走前问道："只要我能找到这样的私人医生，您就能帮我，对吗？"

"对的，对的！"

得到陆医生的回答，梁笑笑回到家中。他在网络上搜索，一个一个打电话问，但几乎所有的医生都拒绝了他。

就在他头疼的时候，刀子刚好回来："你在搞什么？"

"我要找个私人医生。"

"干吗找私人医生？"

"想买点设备，为了写歌。"

刀子一听到写歌就兴奋了起来："好啊，这事儿包我身上！私人医生就行，对吗？"

"对啊！"梁笑笑随口答应，旋即意识到可能问题就这么解决了。他抓住刀子的双臂，"你认识？"

刀子挠了挠头："你知道我和我爸关系不好。其实我爸有个弟弟，我平常叫他二叔。他就是私人医生。"

"那麻烦你了，联系他很麻烦吧？"

刀子摇头："为你也没啥事。二叔就是有点烦，但比我爸好点。"

梁笑笑对刀子满是感激。

五

二叔被刀子拜托，见了梁笑笑。他知道事情大概很棘手，但听完描述之后还是被惊呆了。

"这等同于自残！不符合现有的医学伦理。"二叔反对道。

梁笑笑只能祭出法宝，他带着二叔去见陆医生。

陆医生拉着脸："你怎么又来了？"

"我有私人医生了。"梁笑笑指着二叔。

陆医生瞟了一眼："啊，原来还真有答应的。"

梁笑笑眼看二叔要说话，立刻抢先："那就可以了呗。这个有没有什么风险？"

　　陆医生云淡风轻地说："其实很安全，只要你不乱来。光遗传学的实验，都是可逆的。而且那些光遗传用的光敏蛋白质都是外源的，一段时间后，身体会将之正常代谢掉。至于控制光源的芯片，这东西放进去也只是个微创手术，取出来特别方便。总之，技术很成熟。"

　　他的话打消了二叔的疑虑。

　　于是，三个人制定了购买和调试实验设备的计划，只不过考虑到梁笑笑还要买别墅和装修，时间不会很快。

　　梁笑笑第二天就去城郊买了一套别墅，反正他靠着第一张专辑赚了不少钱。

　　但出专辑的时间期限越来越近，梁笑笑只能和刀子尽力去写。这段时间，阿方似乎又接了几部戏，还是出演同一类型的角色。

　　经过一番努力，第二张专辑终于推出了。不过，大众似乎没有买账。一方面，第二张专辑和第一张专辑的歌曲有点雷同。另一方面，在他们之后，出现了好多模仿他们的乐队，搞得歌迷有些审美疲劳。

　　他们的监制因为成绩不佳被迫离职。失败的阴影笼罩在乐队三人的头顶。与此同时，不全者乐队却很顺利，不断地出现在各大演出中。

　　要说不嫉妒是不可能的。梁笑笑想到了她，给她发去了信息，但是很久都没有回复。这段时间她很奇怪，先是连续换了好几个地方住，又换了好几个号码，现在终于消失了。他失望地关上了手机。

　　他突然想起她身上独特的香味，那种特殊的洗发水的味道。好在，他记下了牌子的名字。他搜索后发现那是一个法国的小品牌，但是历史很悠久。他开心地发出了订单。

　　当然，公司在想办法，他们高薪把竞争对手的监制挖了过来。传说中的张大监制，是个彻头彻尾的工作狂，经常半夜三四点给人发工作任务。而且据说这人脾气还非常不好，很容易和人起冲突。虽然他的业绩很不错，但制造出的同事矛盾的次数和业绩数目一样出众。

这人过来之后，第一件事就是找到梁笑笑："你的歌太普通了。"

梁笑笑心凉了半截。在创意行业，从业者最怕听到的就是"太普通"。普通和平庸几乎没有区别，而平庸和失败也几乎没有区别。

"我觉得你挺没才能的。这样吧，以后用别人写的……"张监制继续说道。

梁笑笑气道："你等着，我会写出好歌的，用不着花钱买别人的。"

张监制摇头晃脑："我等着，给我买杯咖啡。"他的桌子上到处都是喝到一半的罐装咖啡。倒不是公司没有咖啡机，完全是他懒得去接，甚至懒得叫别人去接，他嫌杯子占地方。他的胡子成功长成了络腮胡，梁笑笑曾经认为他的胡子是故意蓄的，但事实证明，这位距离艺术非常近的男人可能只是懒得打理胡子。

这场不愉快的见面坚定了梁笑笑的决心。他提前把仪器放进了地下室，而上面的装修才只进行到一半。

于是，每天装修工人下班的时候，都会发现梁笑笑和两个穿着白大褂的人开车来到这儿。他们还以为这三人是来检查进度的呢，殊不知这些人进屋后直接钻进了地下室。

陆医生操作仪器，二叔当助手，而梁笑笑当小白鼠。他们利用精度最低的血氧浓度测量法，配合已经研究出的功能图，绘制出大概的图形。经过大约十次的实验和观察，陆医生为梁笑笑编好了程序。他说："下次想要什么，直接按按钮就可以了。"

　　临走前，陆医生特意提醒道："别太频繁，残疾持续的时间也别太久，还有注意创口卫生，别感染了。"

　　梁笑笑点点头，他已经管不了那么多了。他用冷水洗了头，用的是法国牌子的洗发水。浓郁的香气，他无比的熟悉。他躺在实验台上，用手摸着各个按钮。他记好了按钮的位置，按了下去。

　　最先被改变的，是视觉。他摸着墙走出密室，却意识到现在这里只有自己一个人。他对周围的环境不熟悉，感觉很不妙。他打电话，叫刀子过来接他。

　　刀子到达后，二话没说，把梁笑笑拉走了，并问道："你这眼睛怎么整的？"

　　梁笑笑摸着刀子的脸："你知道什么叫残缺真理吗？"

　　刀子丈二和尚摸不着脑袋："你神神叨叨什么呢？走，我带你去医院。"

　　"不用了，带我回去，拿吉他。"

　　梁笑笑先听了无数的音乐，他感觉能听到转音变调中的不自然。他从经典歌曲里面发现了老一代音乐人无法传授的神秘技巧。他感觉找回了创造力，他反反复复地试调子，让刀子记下来。失去视力的第一个晚上，他就成功写出了一首歌。

　　他们继续工作，连续两天，又拼凑出了一首歌。

　　梁笑笑敏锐地发现，似乎阿方连续两天没回来了。他问起刀子这件事情，刀子说阿方到南边拍戏去了。

　　梁笑笑"嗯"了一声，没有在意。他们花时间把歌曲完善了，然后发给了张监制。

半夜两点，张监制打来了电话。他的话很简单："第二首太普通，后天来找我。"

梁笑笑恨死了"普通"二字。等等，第二首不行，难道说第一首可以？

他拿出吉他，调音，弹奏。他想起那个夜晚，人世间最香、最美丽的女孩儿摸着他的吉他，和他只有一步之遥。

她现在在哪里？

不知道。她早换了联系方式，而且换的时候从来不会主动说。每次都是他主动询问，要不然她不会告知任何信息。她就像一座巨大的冰山，只当有人对着她大喊时才有回声。

但是，她并非毫不在意我。梁笑笑想起来，以前她听过他的第一张专辑，而且还写了评论。在那个夜晚，他一度以为自己和她离得很近了。

他靠着记忆弹着吉他，初见时的乐谱被琴弦翻译成声波，穿透他，穿透人生。

曾经，他爱上摇滚乐只是因为叛逆，只是为了享受反抗世界的英雄观感。而现在，他似乎有了更多的欲求。他再也不是努力追梦的少年。他敏锐地感觉到，有某些东西已经彻底地转变了，无论他如何模仿以前那种潦倒、放浪形骸的生活，那些东西都不会再如以前一样。

横下一条心，他想听到世界的声音，如同那个夜晚里第一次触碰到残缺真理一样。如果正常的人生无法产生伟大的艺术，那我宁愿残缺！他在心理咆哮着。

等着等着，他困倦了，回去睡觉了。

那一天到了。梁笑笑在约定的时间去见张监制。他暂时取出了芯片，戴上假发以便掩盖头顶的伤疤。

他迈入办公室，首先看到了张监制苦大仇深的脸。

张监制抛出第二张专辑的数据表，从各个发布途径传回来的数据和分析都有，还有他本人的勾勾画画。

"简单来说，你的风格太古老了。"监制拿出另一张表，是第一张专辑的数据，"两张专辑其实质量区别不是很大，中间间隔一年，但是市场反应很不一样。公司的推广因素是一回事，风格也是一回事。"

"抱歉，上次的成绩不好。"

张监制喝了一口咖啡，浓重的黑眼圈就像没卸好妆的眼影："说实话，你们还算比较有潜力的。上一张的监制也不是我，我不怪你们。但新人冒头的很多，'死'掉的速度又很快。关于你们三人组，我倒是有点想法。"

"什么？"

他双手撑起头："你和刀子就继续做组合，阿方的外形挺受影视公司青睐的，最近接了点不错的活儿。我看干脆你们组合拆分一下，我再为你们找两个人搭，三个人显得怪怪的。"

"不。"梁笑笑当即拒绝了，"阿方和我从大学时就组组合，多少年的兄弟了。我们组合不能缺他。"

"客串一下也行，反正两栖艺人很多。像你们这种第二张专辑就扑街的组合，基本上也没有多少前途。"张监制不以为然。

梁笑笑愤怒地追问道："老子先不管前途，你问过他的意见吗？"

"好了。"张监制摊开手，"你希望听到什么回答，问过还是没问过？哈哈，我现在代表公司，公司只谈利益，不谈兄弟情谊。我们花钱养你们容易吗？再说，他不和你们组合了，你们就不是兄弟了？"

梁笑笑痛苦地摇了摇头。

"你也别太急，这事情还没完全定。我也尊重当事人的意见。哦，对了，说到兄弟义气，公司最初签的是你们组合，貌似你们原来是四个人吧？还有一个人现在在哪里？"张监制揶揄道。

阿郎去国外留学了，这件事谁都知道。梁笑笑把手上的表格往张监制桌上一甩，然后逃一般的跑出办公室。

失望，太失望了。他到洗手间洗脸，看着镜子里为了写歌殚精竭虑的自己。他突然开始后悔，刚刚为什么没能沉住气？拆散组合，这种事情一般不会做的吧？就算真要拆，也得刀子和阿方同意，他们都是自己的兄弟，可能会同意吗？

他突然想起来，自己见到阿方的频率已经越来越低了。阿方的动态里面和不同人的合影越来越多了。

梁笑笑突然意识到，他光顾着往前走，却忘了身边的人。

镜子里的他，面容憔悴，主动断绝了所有的退路。难道还有退路吗？他的目标，那些宣言，都还在脑子里回响。

我迟早会写出完美的歌，让所有错过我的人都后悔。他按捺住恐惧和愤怒，走回了办公室。

张监制瞥了一眼复返的梁笑笑，说："下午两点再来，我现在有工作要做。"

梁笑笑只好失落地离开了。他走到外面，给刀子发了条信息："明天大家一起吃顿饭吧，多叫点老朋友。"

在这个世界上，人总会屈从于现实。他想起了一位非常老的前辈，曾经在谢幕演出上说过："我们在台上嘶吼要改变世界，反抗没道理的现实，但都是没用的。世界从未改变。"

现实如果能被语言和音乐轻松击败，那就不会沉重如山了。

喜欢摇滚乐的不光是想反抗现实的人，还有更多的人是逃避者，他们只有在这个场合才会体会到活着的滋味，触碰到所谓的人生价值。梁笑笑曾经去过某个著名的摇滚人集中地，那些人喝酒、抽烟，腐朽得比这可憎的现实更快。

但梁笑笑不想让自己的音乐成为像那样垂死的哀号。所有人都有缺憾，所有人都有伤痛，所有人都曾沮丧。他想成为太阳，照射进他们的心灵，用音乐唤起他们的渴望，用鼓点为他们壮行。反抗世界可以失败，但决心必须坚持。

"我不能放弃。"他下了决心。

下午两点，今天他第三次出现在张监制的办公室里。

张监制说："继续上午没说完的事。你的曲风太老了，像五年前的风格。最新的数据分析，这些元素和曲风更受年轻人欢迎。"

"好吧，我可以试着加元素，但风格可能改不了。"

张监制眉头一摆："我可没空等你试。如果你不行，我们就用系统代写的，让你改改就是。"

梁笑笑摇头："电脑写的那种？那种东西能用吗？"他听说过那种创作系统，最初是一些公司为了快速给想过明星瘾的私人写歌用的。虽然那种系统创作的歌偶然有佳作，但大部分都怪怪的。

监制不以为意："你看一下，最近火的几个流行歌手都用了写歌系统写的歌，也没见得比人写得差啊。你要是有意见，那就使劲儿写，写出够出专辑的歌，而且质量还要过关。"

梁笑笑恶狠狠地说："我会努力写给你看的！"

"别光说努力。这行业不缺人，努力的人多了去了。笑笑，不是努力就能成功的，你好好加油吧。"张监制说完话之后，便埋头工作。在梁笑笑快要走时，他又补充了一句话，"你给我的第一首歌还不错，但要当主打还差得远呢！"

梁笑笑鞠了一躬，退出门去。

六

聚会的地点定在公司楼下的餐厅。因为组合有员工卡，还能打个85折。但梁笑笑和刀子的心情并不轻松。因为上午的讨论会，阿方临时说有事来不了，而他后来又说晚上可能有个局，要晚点过来。

刀子叫了很多老熟人。有早就不玩摇滚的老前辈，还有现在在当吉他老师的朋友，以及一些酒友外加各类前女友。除了他们这一桌，气氛倒也还好。

梁笑笑眼尖，远远地看到一个小胖子，他正在和一个中年人吃饭。

这不是大学室友吗？他走过去，打了个招呼："吕方？"

"梁笑笑！"大学室友惊喜地叫出声，转而向中年人介绍，"这是我本科时的室友，现在可是摇滚明星。"

"不敢，不敢。"梁笑笑谦虚了一下。

中年人上下打量着梁笑笑，也没什么惊讶："嗯，那挺厉害的。"

梁笑笑把小胖子拉到一边："那是谁，看起来很拽的样子。"

吕方苦笑："一个大客户，上面让我好好陪他。他怪癖挺多，总弄得我战战兢兢的。"

"能比我更多吗？"梁笑笑打趣道。时间过得好快，转眼原来的同学们也都毕业工作了。只不过毕业照上没有梁笑笑的身影。

"你也就是总翘课，总喝多，总要人帮拿快递，还总惹事，最后还退学了，其他都没啥。"

"我怎么被你说得一点优点都没有呢。"梁笑笑苦笑，"你先回去吧，有空可以来我这边，我请客。"

吕方连忙点点头，然后返回了自己的位置。

见到大学室友后，梁笑笑好像开朗了不少，他回到朋友们中间，开始和大家聊天。这一瞬间，他就是小团体里的太阳。"太阳"想做什么，都是理所应当，一呼百应的。

谈话到了后半段，大家开始吃东西、喝酒。话题也越来越沉重，有些人甚至开始谈婚姻和孩子教育，让其他还没进入这个阶段的人好不诧异。

"太阳"快控制不住话题了。"它"坠落了，成为角落里的旁观者。

梁笑笑想起张监制的话，觉得也许他的曲风是太老了。如今热爱他曲风的那群人，可能都不听摇滚了。

那现在流行的东西呢？就算他跟上了大潮，过几年还是会落伍的，就像这颗三年前的太阳，如今已经坠落。

有那么多人在写歌，凭什么他就能写出新的东西啊？他又想起来那个女孩儿，她写出那样的歌，现在怎么样了呢？他竟然开始哼那个调子，在嘈杂的环境中没有人注意到他。

"太美了！"他感叹着。

就在这时，有人注意到他："对了，笑笑你现在单身吧？"

立马有人起哄："他要找还不是一打打的，以前就那样。"

刀子立马站出来维护梁笑笑，说："不，笑笑是专情的人。那些都不是他喜欢的人！"

立刻有女生好奇地询问："笑笑，你喜欢的人是谁？"她们甚至希望笑笑能说是自己，毕竟他与这些人之间也有过故事。

梁笑笑报出了一个名字，他发现自己其实很少说她的名字。

众人纷纷摇头，很陌生的名字，看起来不像是圈子里的。

又有人追问："哪里人？现在在哪里？"

"大概是南京或者上海人吧，现在，现在我也不知道。"梁笑笑回答道。

男生们失望了一瞬间，八卦之心减弱了不少。女生们却越来越兴奋。

"她什么样子？有照片吗？"

"为啥喜欢她呢？"

"干吗不追呢？"

......

不是不追，而是他明白他们间的距离有多远。即便是距离最靠近的那两个时刻，他都不敢去追求她。他隐藏起一切的嫉妒和爱意，小心翼翼，生怕吓跑了她。

就算是在网络上，他依旧非常谨慎，三番五次地修改措辞，让自己看上去更像是一个绅士。

就在这时，大门打开了。侍者领来几个风尘仆仆的人。

阿方吩咐助理去吃点东西，然后淡然地穿过人群，坐在梁笑笑旁边。

大家立刻忘了梁笑笑的恋爱八卦，被阿方给震惊到了。

阿方风度翩翩，穿着华丽，看起来远不是憔悴的梁笑笑能够相比的。大家立刻听说他混得比较好，但还是第一次亲眼看到。

"不好意思来晚了，我刚刚和某大明星吃了顿饭。"阿方笑笑，目光扫过所有人，但特意避开了笑笑和刀子。

"哪个明星？"

"是谁？是谁？"

"能不能给我个签名？"

"什么时候能在电影或者剧里面看到你？"

"哇，这件衣服得花多少钱？"

"阿方，你还缺助理吗？"

……

梁笑笑不知所措，在阿方的面前。新的太阳升起来了，毋庸置疑。原来太阳也不是完美的，也有他照射不到的阴影。

酒足饭饱，有人陆陆续续地找借口离开。聚餐从三个桌子变成了一个桌子，然后一个桌子人都不够了，最后还拉上了阿方的两名助理以及笑笑的大学室友吕方。

氛围逐渐开始尴尬了。

助理提醒阿方："今天要早点休息，明天还有摄影。"

阿方笑了笑，他明天根本没有安排摄影，助理只是提醒他可以走了，他答道："知道了。今天陪兄弟，不用在意那么多。"他的目光转向身旁的梁笑笑。说来也奇怪，他们今天一句话都还没说。

梁笑笑也看着他，目光复杂："你同意组合拆开吗？"

阿方没有回答，拿出一根烟，让助理点上火。

看来这就是回答了。

刀子尴尬地打圆场："这也不是咱们同不同意就行的，公司这么决定了，能有什么办法呢？哈哈哈，你们说是不是？"

没有人应和。

阿方把烟按灭，重新盯着梁笑笑，眼眶里渐渐充满了泪水："对不起。"

"好了，别说了。"梁笑笑吼道，胸口剧烈地起伏着。

"我要说，兄弟我要说，对不起！"

"你别说了！"梁笑笑站了起来，吼声全餐厅都能听到。

"对不起！"阿方身体往后退了一下，向前扑倒，就好像在沙发上跪下认错一般。

"别说！别说！"梁笑笑拉着他，"站起来啊，说点其他的。咱们还是兄弟，对不？阿郎走了，我也当他是兄弟。"

阿方说："对，咱们还是兄弟。"

"兄弟你怎么能走啊？"梁笑笑用上了哭腔。

刀子拉着梁笑笑的手："冷静冷静。喝酒喝酒！"

"兄弟我缺钱，我妈病了。我亲妈，一个人拉扯我长大，到今天一点福都没享，大病一个接着一个。我要赚钱给她，让她什么医院都能去，什么治疗药品都用得起。"阿方也是涕泪俱下，"我，阿方，以前觉得世界就是个混蛋。现在我想开了，我们才是混蛋。社会是混蛋，我是混蛋，你们也是，没有人是干净的。但世界对我很好啊，给了我这样的一张脸，给了我机会，让我能演戏。我已经……不需要摇滚了。你骂我，打我，都可以！我也很难过，但我没有更好的选择！"

"可是我们成功过不是？第一张专辑，你和我赚了多少钱？你干吗放弃这个跑去演什么垃圾肥皂剧？我以为我们是一条心啊，兄弟！"梁笑笑单手抓住了对方的衣领，另一只手攥着刀子，"我现在就问一句话，我们还是不是兄弟？"

"是！"

"那么多年，那么多次训练，那么多次演出，我们是不是一起过来的？"

"是！"

"我们以后还是不是兄弟？"

"你认，我们就是！"

梁笑笑指着刚上桌的鸡尾酒："那你给老子干了这杯！"

这个夜晚，梁笑笑觉得自己怎么喝都喝不醉。他从来没有这么清醒过，他高看了很多人：监制、阿方、那群狐朋狗友，包括自己。以前那些兄弟义气，全是骗人的。

现实像一把刀架在他的脖子上，而他也没有退路，只能试一下究竟是自己的脖子硬，还是刀硬。

有不会离开他的人吗？他看向走路摇晃的刀子，最早的四人组现在只剩下他们两个了。

刀子，你为何没有离开我呢？

他搭上刀子的肩膀，感觉到对方身体的颤动。

"刀子，别怕。我会好好写歌……"

"你小心点儿，你喝多了。"刀子焦急地说，他转过头，对着远处，"那个谁，我先带笑笑走了啊。"

"我叫吕方！你放心好了。"远处传来了应答声。

"哈？我喝多了？"梁笑笑直摆手，"你才喝多了，现在我超级清醒。咱们的下一首歌就叫《给这狗屎的世界插上一刀》！"

"好好，先上车，你爱插几刀就几刀，到时候算我一个。"刀子说道。

梁笑笑这才发现，他卡在了车子上，身子快要掉到坐垫下。刀子在后面用力把梁笑笑放上后垫，然后坐到前面。

车开了。

因为视角的原因，梁笑笑以为刀子不见了。他开始摸索，又因为双脚挤得不舒服而使劲儿蹬出租车门。他开始恐惧，刀子也不见了，现在他是一个人了。他听到司机的骂娘声，他不认识这个人。

"刀子！刀子！"他喊道，带着恐惧的颤音。

"我在前面。"刀子的声音仿佛很远，"怎么了，哪里难受吗？"

"哇"！梁笑笑开始呕吐，他好像听到了刀子的声音。"你会离开我吗？"

"不会。"

这就足够了。对于喝醉的人来说，这样的答案就足够了。他不需要任何的原因，不是不关心，而是不想思考。

他安静了下来，睡死过去。

他再次陷入了梦境，回忆过去。只不过很多细节都被更改了，那天他抱住了痛哭的仙女，还捡回了她扔出去的乐谱。他闻到了沁人心脾的浓香，轻轻地吻上了她的双唇……

七

梁笑笑再次醒来，发现自己和刀子躺在一起。

"刀子。"梁笑笑提议道，"陪我去那边写歌，好吗？"

"好啊。"

"女朋友那里要我去说吗？"梁笑笑问道。

"不用，我们分手了。"

"什么时候的事情？"梁笑笑问出口就后悔了。

刀子转身去收拾东西："不久之前吧。"

他们开车去往梁笑笑的小屋。到了屋子里，梁笑笑首先带着刀子参观了传说中的密室。

纵然刀子有心理准备，还是被现场吓到了。但他总是拗不过梁笑笑，所以最后勉为其难地答应在这里写歌。

和之前的生活不一样，这段时光很单纯。他们整天除了写歌，就是想怎么写歌。他们经常写到筋疲力尽，发展出了多个临时睡眠地。当然经过那么多事情，他们也不一样了，梁笑笑感觉第一次能听懂人心了。近在咫尺。他听得清清楚楚：刀子的心跳和喘息，努力压抑的克制。那些东西骗不过他的耳朵。

不到一个月的时间，梁笑笑写出了十首歌。当然这段时间终结得也很突然，因为他突然晕倒，不得不去医院。

陆医生亲自接手了这个病例。按理说，梁笑笑这情况不该归他管。但俗话说得好，做贼心虚，他可是担心得紧。

他开出了一长条的检查列表，吓得陪同来的刀子差点掏刀子。

陆医生苦笑："不是坑你们，这件事情很复杂，很复杂。"

检查做了一天多。等结果全部出来，他们又去找陆医生。

刀子问他："情况很严重吗？"

陆医生回答说："其实也不太严重，光看指标，还是个正常人。"有句话，陆医生并没有说，那就是指标都只是处在正常范围内，但各项指标都在正常范围内的人不一定是健康人。

刀子兴奋地站了起来："那就没什么事情了吧？我带他回去。"

陆医生一副有口难言的样子："这个事情，要从长计议。这个病例乍看很简单，细看非常特殊，前所未有。你要说他没病吧，怎么就突然晕倒了呢？这样，刀子先生，我再仔细问你，你必须说实话！"

年轻人身体向前倾，显然非常关切："我肯定如实说。陆医生，您是专家，叫我小刀就可以了。"

陆医生愁眉不展："不合理啊，真的太奇怪了。患者以前有过脑部的病史吗，动过切割手术吗，是否经历过巨大的精神创伤？"

"病史应该没有，起码从很久以前组乐队到现在都没有。手术……"他停顿了一下，"有吧，不是很危险的事情。嗯，应该吧。精神创伤，我不清楚，但最多也就恋爱不顺利，更早之前的事情他没提过。"

"好吧。"陆医生重新翻查了一下梁笑笑的检查结果，"这样，请他的私人医生来我这边一趟，有些情况需要确认。"他就像一名老练的猎手，在猎物进入射程之前就已经将之锁死了。

梁笑笑、二叔外加上忧心忡忡的陆医生，三个人再次坐在一起谈话。

陆医生一开始就质问道："你是不是不想活了啊？！每过两天换一个，真的有意思吗？"

梁笑笑狡辩道："明显没那么多。"

陆医生拿出检查结果，一个一个地数："过去的一个月，有十三个吸收峰，你当我是傻吗？还有你，你不是他的私人医生吗，怎么不看着点儿？"

二叔瞟了一眼梁笑笑："其实只是名义上。我算帮侄子的忙。"

陆医生一副恨铁不成钢的样子："那你可能要倒霉了。这家伙，滥用技术，导致大脑局部功能紊乱。虽然我们用光遗传学手术很成熟，但本质上还是个不精确的技术，不适合长期或者频繁使用。你看看这些检查，你肯定是看得懂的，结论就是他全身多处增生，外加严重的内分泌失调。这次你只是昏过去，下次我可就不保证发生什么了。"

二叔翻看检查单，面色越来越难看。

陆医生目送着他们离开，反复念叨着："疯子，真是个疯子。"

上车时，梁笑笑收到了监制的信息："虽然风格老，但很有意思。把原来pass的歌也重新改改。"

车内，刀子和二叔脸色阴晴不定。

二叔斜了眼刀子，对梁笑笑说："虽然检查结果显示你是健康的，但你私下做的事情，我必须建议你停止。"

梁笑笑冷哼一声："我不接受建议又如何？当初我们的协议规定了，你不需要管这方面，而且你必须保密。"

刀子附和道："是啊是啊，二叔，要是钱不够好商量。"

被称为二叔的私人医生摇摇头："这不是钱的问题，你是小涛的朋友，换其他事情我都尽力帮你们。"

他的话说到一半，就被刀子打断了："别叫我小涛！叫我刀子。"

二叔深吸一口气，提高了语调："行行，反正你就是犟。你爸管不住你，我也管不了。我要说的话很重要！收敛起你的臭脾气，我不缺你那俩钱。这事情搞不好要出人命的！"

他转过头，面对梁笑笑："笑笑，你做的事情很明显违反医学伦理。我是可以装作不知道。但你买设备都是我签的字，如果东窗事发，我的执照会被吊销。刀子，你别急着说我，你以为只有你们讲义气，我就能为了钱出卖你们？我问你，我花钱买下你的乐队生涯，你愿不愿意？"

刀子被噎得说不出话。他习惯了当这样的配角，除了叫声大一点之外完全站不住理。

梁笑笑伸出手，示意听他说话："好了，刀子是我兄弟，你也是我的叔叔。二叔，如果不能继续的话，我们解约吧。本来，像我这种不红不火的小明星也没多少钱，委屈你了。你不知道这些事情，一切都和你无关，签字是我骗你签的。你放心，我梁笑笑说话一言九鼎。"

二叔脸色好看了不少。他也知道他早就骑虎难下了。在不大的车里，他对着梁笑笑鞠了一躬。他补充了一句："少做那件事情，真的和自残差不多。人体的代偿远比你想的复杂。"

梁笑笑假意同意。

汽车开到二叔的住处,放下了二叔。在下车前,二叔对刀子说:"你小子,能不能好好恋个爱,结个婚?"

"好让你和老爸省心点吗?"刀子挑衅般地竖起中指,还比画了两下。

二叔下车后,伫立在路边,寂寥的身影越来越小。

梁笑笑和刀子都没有话说。车子开上高架桥,在高楼间穿行不息。他们是如此渺小,只是比这座城市中挣扎的蝼蚁们稍微大一点而已。

"先送你回家吧。"梁笑笑说道。

刀子闷声答应,脑海中浮现出那栋远离市区的小别墅。他说道:"什么时候叫上阿方?"

"他最近没片约吗?我先休息两天吧,也没力气写歌。你帮我和公司说一下。"梁笑笑叹了口气。

他们又沉默了。两个人凝视城市的灯火,各自在考虑着不一样的事情。

事情是什么时候开始变化的呢?刀子的眼眶湿润了,他眼中这个男人,曾经是他们的太阳,有无穷的光和热。退学已经两年多了,但梁笑笑还是第一次这么让他感觉陌生。他开始回想,终于想到了那个关键的词语——残缺真理。

梁笑笑是什么时候开始提到这个词语的呢?

他沉思冥想。那次音乐节,那首歌,那支奇怪的乐队,一一在脑海中浮现。

车已经开到距离他家一公里的地方。刀子开口了："你还记得那首《残缺之爱》吗？"

"记得，不可能忘的。"

"当时是我们第一次全国校园巡演，你出去了一晚上，就写了首新歌。这首歌到底是谁写的？"

梁笑笑和刀子对视几秒，两个人都得到了各自想要的答案。

是她写的，梁笑笑有个暗恋的女孩儿，只不过谁都不知道是谁。刀子避开梁笑笑的目光，把那点细微的感情压制在心里。她居然那么有才，难怪老大这么留恋。

"别想太多，我没事的。"梁笑笑打趣道，然后说，"你不会理解我的。"

可是我想理解啊。刀子的话咽了回去，车停了，他下了车。他目力所及处，车子寂寥的身影越来越小，落寞无比。他自嘲着，步伐沉重。

八

接下来，梁笑笑很忙。一方面要做歌，一方面要去物色新成员。他们的组合将恢复四个人的标配，两个新成员需要他好好挑选并培养。

某天，他正教新来的鼓手如何配合的时候，张监制突然走进了排练室。

他说："有个大新闻，你的老对手，总是踩在你脑袋上的那个不全者乐队，解散了！"

梁笑笑惊诧不已："他们？解散了？"

张监制幸灾乐祸道："他们现在在做内部的结束表演，因为是我前东家，我有票。你可以去看看，毕竟这样的机会不多。"

梁笑笑还是不愿意承认，就算事实明明白白地摆在他眼前。那样的乐队竟然解散了？他倒没有兴奋，反倒有点失落。因为那个乐队对他而言也不仅仅是竞争对手。

"给我票，我会去看看的。"

不全者乐队一直是梁笑笑的死敌，无论工作还是情感方面，而且他们的成绩一直都很好。但现在，这样的乐队竟然要解散了。他真想过去亲自问一下，为什么。

等他到达时，不全者乐队正好在演奏代表作——《残缺之爱》的姐妹版。梁笑笑听得痴了，虽然和上一次他听到的感觉很不一样，不过那种生命的张力还是一如既往。

一个对手要消失了，这代表着他从来没有战胜过他们，以后也永远都战胜不了了。

演出完毕，他穿越重重的人群，尽量靠近不全者乐队的成员。那一天，粉丝们依依惜别，主创们含泪告别，气氛感人泪下。唯独梁笑笑满腔怒火，无处发泄。

他一直等啊等，等到粉丝开始退场，等到工作人员开始催他离开，等到不全者乐队的成员开始收拾场地。

他终于找到了机会，走到乐队队长面前，问出了问题："你们为什么要解散？"他多想吼出来，别放弃啊！

"是梁笑笑吗？"队长是个盲人。

"是我。快点说！你们为啥要放弃啊。"

队长递了根烟："来根烟吧，也算是老相识了。你还年轻，还能继续搞。"

"为什么？"

队长叹了口气，显然不想回答这个问题："说实话吧，我们写不出好歌了。经纪人说要我们用电脑写的歌，去他的，这简直是侮辱。"

"那你们也不该放弃啊，你们难道不爱摇滚乐吗？难道这不是你们的梦想吗？"

队长苦笑："是啊。"他摸着吉他，动作异常温柔，弹了两下，放下又拿起来。

他的队员们也都摸着各自的乐器，黯然神伤。

队长拍了拍笑笑的肩膀："我们爱摇滚，它确实给了我们很多。可能你听说过，我已经三十年没见到过光了，但摇滚让我看见了光。每当观众们对我高呼呐喊的时候，我的眼睛仿佛能重新看见了！但我们太老了，无法继续站在舞台上。我们要去寻找新生活！"

愤怒已经消失无形，嫉妒暂时退居幕后。梁笑笑仔细打量着这位值得尊敬的音乐人，发现他比以前看上去要苍老得多。

队长把吉他递给梁笑笑："送给你吧。这是把很一般的吉他，但它陪了我快二十年了，从南到北，从地铁到人行天桥。它让我认识了这群倒霉蛋，也让我品尝到了梦想成真的滋味。我们写不出好歌了，更不愿意用那些东西，糟蹋我们的名声，糟蹋粉丝对我们的爱。起码我们不全者乐队，是站着解散的！"

梁笑笑哭了，队长说的那些话，他能理解，全部都理解。他懂，这群人是真正的摇滚人，只要他们活着，摇滚就还没有死。虽然论结果，他们也都是失败者。

不全者乐队的人，一个接着一个，拍了拍梁笑笑的肩膀，仿佛某种仪式。在阳光明媚的日子里，梁笑笑更加孤独，肩膀上的担子越来越沉重了。

从悲伤中苏醒，他摸了摸新得到的吉他。它做工一般，但弦是新换的，保养很好。他喜欢这把吉他，喜欢这把吉他弹出来过的旋律。总有一天，他要写出完美的歌，用生命去歌唱。

他最后问队长："你还记得送乐谱的那个小姑娘吗？我是说最后那首。"

队长笑了笑："我只记得声音和气味，嗯，你得问他，他好像与那姑娘有过联系。本来今天最后演出，我们也给她寄了票。"

梁笑笑重新燃起了希望："我也想找到她！求你了，请告诉我一些关于她的信息！"

不全者乐队齐齐地笑了，一扫乐队解散的阴霾。

梁笑笑从不全者乐队的作曲那里了解到，他们一直很努力地保持和她的联系。诚然，女孩儿可能是他们见过的人中最高冷的摇滚乐粉丝。

"她现在在澳大利亚墨尔本，还没结婚。"作曲揶揄道。

"还有呢？"

他摊了摊手："其他的你该自己问。不过，她家里确实出了变故，她父亲去世了，你千万别提。她也曾经因病卧床。"

"上次联系是什么时候？"梁笑笑抓住作曲的手臂。

"十天前，她也回复了，总之她知道我们解散的事情。"

梁笑笑心下大定。十天前她还与不全者乐队联系过，那么他就也有机会联系到她。他甚至不敢浪费现在的一分一秒，立刻和作曲要来女孩儿的电话号码，编辑起信息。他写好又全部删去，删完又重新写，连续写了四五遍，才终于发了出去。

吃完晚饭，他兴奋得睡不着，心想可能女孩儿那边时区和这边不一样，她还没看到吧。

耐心逐渐耗去，他变得焦躁不安。十天？十天能有很多种变化，何况她从来都是那样捉摸不定。

他睡不着，只好开始工作，完善自己的歌。不一会儿，他又焦躁地开始弹琴、弹吉他，却好像失去了所有的技巧，成了一个新手。

我又错过了吗？梁笑笑躺倒在地上，看着天花板。一只蜘蛛在上面爬过，它很早之前就在角落上结了一些蛛网。

他们间有千丝万缕的联系，永远都斩不断。但是，也许命运就是如此不公，相遇总是突然而短暂。

他想为她写一首歌，一首最完美的歌。这首歌应该……

没有任何回音。他在想象中睡了过去，又做梦了。

倒计时。

巨大的数字在跳动，整个身体都跟着战栗。如果感觉到不对，他随时都可以叫停。

三、二、一。

平静，一片平静。片刻之后，远方好像无边无际的黑色海洋，滚滚的黑色巨浪无风而起。

他看到了画面。他走过一个巨大琴房，在一个琴盒后面发现了按钮。按钮按下，暗门敞开，里面是一张床，旁边还有一个工作台。工作台上无数的机械手臂狰狞地立在空中，暗示着它的危险。

他的心提到了嗓子眼，究竟是谁在害怕呢？巨大的心跳声就像潮水一样，在此之外竟然是一种激动。难以描述的感觉，他重新体验了亲吻到初恋情人时的激情。还有某种不知名的香味，氤氲不散，浓郁得让他恶心。

这些都不应该是真实的。

心跳、汗水、荷尔蒙，图像开始狂舞。不同的场景轮流切换，感观也开始混乱。他有时候感觉不到视力的存在，有时候失去了触觉，有时候闻不到味道，还有的时候感觉世界一片静谧。

好光怪陆离的世界。这是怎么了？他发疯地大吼大叫，却无法判断叫声是否属于自己。转眼间，他站在舞台上，嘶哑地吼叫着，看着攒动的人群沸腾摇摆。

然而，他听到的声音却变了。一个低沉的声音，在无数次地重复一个词语。疯了，疯了！它就像疯子一样重复那个词语，越来越快，越来越密，越来越歇斯底里！凉意从头顶灌下，穿越他的身体，他的嘴唇也开始不由自主地跟着重复。

残缺真理！

一个熟悉的词语。而他甚至来不及思考这个词语的含义，只能跟着一直重复。他隐隐约约地觉得，自己会因此而死。

不不，他努力张大嘴巴，发出无声的怒号。这是最后的信号，整个大脑在一瞬间变得空白，也抽空了他所有的力量。

他感觉被用怪异的姿势钉死在沙地之上，风吹日晒，日渐干枯。太累了，他不想再动了。

九

噩梦。自从陆医生提醒他之后，他便噩梦不断。

终究，他还是怕死的。好在现在他不用再进入地下室，眼前最重要的是新团队和新专辑。新团队的磨合很慢，毕竟两名新人没有原成员之间多年的默契。

时间飞快流逝着，20天之后，他们作为新团队第一次接受了采访。而官方也公布了新专辑的一些信息。虽然因为宣传投入的问题，这些消息并没有引发多少反响，但起码也是他们新的开始。

很快，新专辑《再见，消失的人们》在各个渠道发布。一开始，他们的歌只在死忠粉里面流传，听的人逐渐多了起来，一度上了热搜榜。因为一些歌很有叙事性，还很有意境，一些影视剧看中了这些歌曲。

他们的一首新歌成为一部优秀电影的主题曲，借着势头他们突然火遍了大江南北，甚至在海外都有了粉丝应援。

刚得知这些消息的时候，梁笑笑很恐慌。期盼一件事情太久了，当它真的来临了，反倒有种不真实的感觉。但越来越多的消息让他确信，一切都是真的。那么多人喜欢他的音乐，他的乐队也确实成了一颗红星。

成名之后，事情更多了。他接到的活动和演出数不胜数，档期排得满满的。他都来不及看任何信息，一有空就睡觉，全靠助理帮着打理。

一个月后，这股热乎劲儿过去了，媒体开始追逐新的宠儿。他才有空静下心来思考下一张专辑。

他回顾着上万条的未读消息，沉浸在巨大的成功中无法自拔。他花了半个下午，专门写签名，让助理邮寄给家乡的亲朋好友。

继续往前翻消息，他看到了阿方的消息，点开，似乎很随意地回了一句："抱歉啊，兄弟，那时候太忙了。有空吃个饭吧！"他得意地笑了笑，阿方肯定很后悔吧。但他们，还是兄弟啊。

下一秒钟，他的笑容僵住了，因为有一条消息来自一个"死"去很久的号码。

"恭喜。"

那是一个句号，看不出任何语气。梁笑笑抱头痛哭，后悔填满了泪腺的每一个角落。他为什么不早一点看消息？助理为什么没有提醒他？

因为他们没得到吩咐，不知道这条普通的信息究竟有多重要。他错过了那么多次，等待了那么久，好不容易等到了，却又错过了。

时间已经过去了一个月，梁笑笑确认不了她的位置，更猜不到她究竟会不会回复。

他写了长长的回复，发送过去。

"来见我。"几个小时之后，回复姗姗来迟。

这个号码是南京的，也许她还在南京，还在那间密室里，还是一样的味道！

他联系助理，暂时不接任何活动，他要去南京！

他兴奋得快要疯了。在开户名为梁笑笑的银行账号上有一笔巨款，他可以用这些钱实现很多的事。

999朵鲜花？太少了，就算堆满那栋别墅也不及他爱意的千分之一。送钻戒？那太俗了，他要做一条最华丽的项链，亲手为她戴上。如果那边不禁烟火，他还能为她单独放一次烟花。但仙女可能不会喜欢的吧？

　　他预约了资深的造型师，在他下飞机躲过狗仔之后立刻变身。他还包了某个酒店的场，让侍者和厨师都只为他们两个人服务。

　　就在梁笑笑快要走时，刀子过来了。刀子红肿着眼睛，好像几天都没睡好。他说："带我一起去吧。"

　　梁笑笑本来想拒绝，但一看到刀子的表情，心软了："好，但那一天请给我们私人空间。"

　　他们坐上飞机，前往南京，迎接未知的命运。

　　那个夜晚，刀子主动当司机，把梁笑笑送到别墅。梁笑笑打扮得像要走红毯的影星，他踏上地面时，连地面都增色不少。

　　他按响了门铃，不过一会儿，一个女人打开了门。她看起来很匀称，穿着很常见的名牌，但比起梁笑笑就黯然失色了。女人关上了门："走吧。"

　　梁笑笑从愕然中惊醒，但转念一想，仙女怎么会在乎凡人的打扮呢？他做出请的动作，走在女人身前一小步。他用力闻了闻，但没有闻到熟悉的香味，也许仙女的口味变化了。

　　坐上车，他终于开始说话："我好开心，终于能再见到你。"

　　女人点了点头。

　　他继续说："你后来去了哪里，能告诉我吗？"

　　车子飞快地狂奔。

　　"很多地方，我不会在一个地方停留超过半年。"

　　"听说你之前在墨尔本？"

　　"嗯。"

　　"我发给你的消息收到了吗？"

　　女人没有否认："收到了。"

梁笑笑咽了一口口水："我还担心你没收到呢，以为你又离开了。"

"我在哪里重要吗？"

他很认真地盯着女孩儿的眼睛，仿佛下一句话要用尽一生的力气："很重要，我想你啊。"

她的慌乱只是一瞬间："那么，你记得我的名字吗？"

车子从隧道中穿过，暗黄的灯光照射在车厢里。梁笑笑用嘴巴比画出口型，那是她的名字，一遍又一遍。

车开出隧道。女人只是笑了笑："有进步。"

"就这么多？"梁笑笑指望她能像以前那样和自己说话。

"就这么多。你没有理由关注我。"

他从后视镜里看到了刀子的表情，显然刀子在关注着对话。他说："没有原因，喜欢需要有原因吗？"

"那不喜欢需要原因吗？"

梁笑笑感觉一拳头打在了棉花上："也许不。我们先吃饭吧。"

酒店里，侍者们端上精心准备的食物，摆放在长桌上。有些菜色梁笑笑也是第一次看到。但他看向唯一的女伴，发现她一点也不惊讶。

侍者们勤劳地帮他们换菜，他们成功地把各种菜色都尝了一遍。

"你后来还有写歌吗？"

"有，但是烧掉了。"

"还记得你当年送我的曲谱吗？"梁笑笑暗叹一声，"我觉得你肯定能写出更多更好的曲子。"

"也许吧。"女人提点道，"你的主打歌还不错。"

梁笑笑听到她主动的夸奖，喜笑颜开。他开始讲述那段时间创作歌曲的故事，把自己塑造成一个坚毅勇敢的追梦青年。然而无论他怎么讲述，怎么试图引起注意，她都是那副淡然的态度。

既然她对此不感兴趣，那只能把话题引向她。梁笑笑问道："我想听听更多你的事情。"

"关于什么？"

"为什么放弃写歌？你和不全者乐队不一样，他们是江郎才尽了。"他提到不全者乐队时有种爽快感。

女人的表情终于有了变化："你以为是你击败的他们？"

"没有，我没这么想，他们只是输给了时间。"

"我其实并不爱摇滚乐，所以不再写了。"

这个回答真是出乎预料。他追问："可是你明明喜欢我的歌啊。"

"你不明白的，我只是客观评价。我真正喜欢的是古典音乐，我想成为父亲那样的人。但是，我成为不了。"

看着女人认真的面孔，梁笑笑觉得这是真话。可是他还是不放弃："但喜欢古典音乐和喜欢摇滚不冲突啊。你写歌写得那么……"

"我已经不再写歌了。"她放下了刀叉，靠坐在椅背上，"我的父亲写过一些曲谱，他是个天才；母亲是个有名的演奏家，她也是天才。而他们的孩子却是一个普通人，普通人再怎么努力，都是追不上天才的。"

"你不普通，你是我见过的最完美的女人！"

她冷笑道："最完美的女人还是最完美的人？他认为我本该继承他的遗志，但只可惜我是个从小到大被宠爱着的女孩儿，从来没有他想要的灵气。他习惯的做法是，如果缺乏真实，我们就制造真实；如果不是天才，我们就人造天才；而如果连缺乏本身都缺乏，我们就制造缺乏。他夺走了我的一切，一切正常的东西。"

梁笑笑不知道该怎么回答，他没搞懂她的逻辑。就目前看来，他们本该是同路人，本该都迷上摇滚乐。

女人刻意压低了声音，让自己显得没那么激动："摇滚乐是我曾经的反叛，我写过很多歌，多天真的反叛啊！但它们都无法证明我。我开始学习父亲的那一套，还弄出个叫'残缺真理'的词语来欺骗自己。因为自己不是天才，我就作弊。有一天我终于明白了，其实我爱的还是古典音乐，但再怎么作弊，普通人是写不出伟大的作品的。我永远追不上我挚爱的父亲。"

"可是我确实感知到了残缺真理。那样的做法确实让我听到了世界的声音。我制造了残缺，感受到了生命的张力，这些都是真的啊！"

她的声音温和了起来："是啊，我听过你的歌了。我知道你用了那些技术，还不止一次。但你永远伟大不了，那些凡人听不懂你的完美，他们不曾见过你见过的风景。虚妄，会毁掉你的。"

她站了起来，准备离开。空空荡荡的酒店大厅里，只有高跟鞋和地板的接触声。

梁笑笑如梦初醒，追了上去。他脑袋里晕晕沉沉地，不知道谈话怎么就到了这步。

车上，众人一路无言，刚刚的争吵还在两人脑海中没有散去。

刀子把车停在别墅区门口，放两人下车。

寂静的夜空，微微有些寒意。它并没有给久别重逢的两个人带来更多的暖意。

"再陪我走走吧。"梁笑笑建议着。

"多走走，你也得不到想要的答案。我们之间没有可能的。"

"我爱你，如果你不爱我，请直接告诉我。"

"对不起，我不爱你。把歌送给你，对我们来说是个错误的意外，你该忘记了。"

"你该忘记了，你该放弃吧。"这句话和她的潜台词在他脑海中旋转。他再也控制不住自己的情绪，追寻了这么久的竟然是一个幻梦。眼泪不争气地从他眼眶里面流出，即便再完美的造型也掩盖不了他的失魂落魄。

他被自己唯一爱过的女人甩了。是哪一刻，他让她失望了呢？

"你知道吗？我一直为了你而努力。我要出名，让你看到我，让你回来找我。我为你写歌，用尽一切力气写。我在北边买了个别墅，在地下室还原那个房间！我一直用着你用过的那个牌子的洗发水，就好像你还在我身边……"他说着这些话，把一年多的委屈都释放了出来。

但女孩儿并没有感动，还是淡淡地："你真的是为了我吗？你，知道什么叫爱吗？"

是啊，他自嘲道，也许他早就偷偷更换了概念，习惯了欺骗自己。他的梦想什么时候变成拥有这个女孩儿了呢？他本来想成为大明星，写一首最完美的歌。那么，他的爱情到底算怎么回事？

风儿撩过女孩儿的头发，他们就这么对视着。

梁笑笑抱住了梦想中的女孩儿，俯下身，一口吻了上去。

嘴唇接触的那一瞬间，女孩儿颤抖了一下。他幸福地笑了，原来仙女也会坠落凡尘吗？他开始努力地进攻，把舌头送进对方的嘴唇。

但她突然停止了回应，甚至也没有拒绝。这具躯体在用尽全力地控制，倔强地掩饰住一切的脆弱。

梁笑笑停了下来，惊慌失措地看着她，看到她的脸颊上淌下的泪水，看到那双眼眸中充满泪水。他还可以再继续，甚至利用她一时的脆弱彻底击碎她的防线。

只需要看一看就明白了，他读到了那点信息。他们的爱有过过去式，但不是现在，更不是未来。她任何时候都清楚，他们没有可能在一起。她视摇滚乐为叛逆的行为，自然爱上梁笑笑也是一种叛逆。这个女孩儿最向往的是她的父亲，她的未来永远只会服从于父亲的安排。她用尽一切方法，只是想让他退后一步，保留最初的那一丝美好。

"我有爱的人，他是个普通人啊。"她平静地说道，擦去泪痕，擦去刚刚那件事情的一切痕迹。

他终于确信了，就算他大红大紫，也没有办法把仙女"捡"回来。他们的爱是残缺的。

"再见。"

他挥挥手，踉跄地往回走去。隐约间，他似乎听到旋律，是《再见，消失的人们》。她的声音温柔无比。

再见，消失的人们。

十

梁笑笑变了。如果前几个月，他如同名字那样阳光灿烂，那现在的他完全就是黑色的太阳。他拒绝了大部分的活动，每天都在写歌，争分夺秒的，仿佛人生即将结束似的。

在排练场上，他越来越暴躁，无法容忍队员们犯任何错误。刀子就因为帮鼓手说了一句话，被他一顿训斥。

而他在公司里面也越来越蛮横。张监制被他噎得辞了职，而新来的新手监制们则连一句话都说不上。

转眼间，他的乐队发布了第三张专辑。坊间评论开始两极分化，有人直接认为他的新歌难听得像噪音，而有的人认为这是先锋前卫，感人肺腑。有趣的是，公司最近进行了一次荒诞的商务洽谈，帮梁笑笑谈了一笔生意。

原来，法国的那家小工厂终于因为经营不善，要倒闭了。梁笑笑拿不到新的洗发水，烦恼万分，于是授意经纪人去法国买配方。工厂主得知买主的来意后也是惊讶不已，他终于搞明白东方的神秘订单是怎么来的了。

不久后，梁笑笑找了一个新的女朋友。这件事情被狗仔队发现了，他们仔细一调查，发现这件事情大有曝点。因为他的女朋友原本从事的是夜店工作。

其实这也不算大问题。公司干脆雇公关帮忙，愣是把桃色事件的影响降了下去，就当是炒作知名度了。

刀子来到梁笑笑的别墅，验证身份进门之后却没发现笑笑本人。他直觉般地向地下室走去，恰好遇到刚刚出来的梁笑笑。

梁笑笑和身后的女人都半裸着身体。他身上青一块紫一块的，还有伤口，分外扎眼。刀子不得不承认，这女人和她很像，只不过烂到了骨子里。

刀子无法想象他们在地下室里做了些什么，只是恶心得想吐。这天，他说了唯一的一句话："她只是看中你的钱！"

"我知道。"梁笑笑大大方方地承认道。

刀子再也无法忍耐，他飞奔出去，气呼呼地上了车。

很快，有八卦新闻说，梁笑笑在排练时和乐队成员不和，或导致乐队解散。更有一些人开扒梁笑笑以前的黑点，从多方证明他其实是个人品很差的人。

但这些都影响不了乐队的红火。他们的第四张专辑，依然为公司赚了不少钱。就在这时，梁笑笑的女友，不对，前女友突然现身说法。

她出现在一个非常八卦的节目上，浓妆艳抹，嗲声嗲气地表示："梁笑笑啊！他太变态了，在地下室里，竟然要我……"

这一事件被各种媒体冠以"震惊""惊讶""悲痛"等等标题，反复消费。当然，警方更是嗅到了大案的气息，他们到达梁笑笑家的地下室，查到了一批奇怪的仪器。他们连同医学伦理会追查下去，发现梁笑笑拥有这套仪器倒不算违规，他购买时有专业医生的签名。

警方停止了调查。但更为严谨的医学伦理会开展了更深入的研究，还找来很多为他治疗过的医生进行查问。最终依靠陆医生等人的证词，医学伦理会对外宣称无法证明梁笑笑有违规行为。

听证会后，陆医生找到梁笑笑，在一间屏蔽了任何信号的"铁笼子"里说："其实，我们倒不是因为那笔赞助费。光遗传学导致的身体病变，这是国内外都没有研究过的东西。你现在是一个特例，具有非常大的研究价值！"

"要解剖我的大脑吗？"梁笑笑没好气地说。

陆医生摊手："如果有必要，他们会很想试试的。"

在这之后，刀子等人宣布退出乐队。

梁笑笑的乐队甚至还没有不全者乐队幸运，因为他们连最后的演出都没有。于是送别宴会上，梁笑笑自己弹唱了几首歌，哭着把吉他送了出去。那是他自己的吉他，陪伴了他从初学到精通吉他的时光。早在失去吉他之前，他彻底失去了刀子和阿方这两个兄弟。

他差点放弃人生。但过了不到几个月，他突然还想再努力一下。

梁笑笑本以为重新开始是很简单的，毕竟他已经成功过。他先是自己开公司，专门为自己工作。但逐渐地，他就体会到当老板的痛苦，很多东西他都必须亲自过问，而实际上他并不懂经营。他的团队士气低迷，向外进行的推广也难以打开局面。而重新组建的乐队，他也没有和新的乐队成员磨合好。

他的第五张专辑以惨败告终。而且，这次风评不再是两极分化，而是呈现出一边倒的谩骂和嘲讽。

他后来不得不关了公司，也解散了新的乐队。更艰难的日子在后面，他发现甚至帮人写歌的活儿都找不到了。电脑写歌越来越常见，而且质量越来越高，几年前能大卖的歌，现在也不显得很出众。

不过，他毕竟还有点名气，小的走穴、讲座，外加兼职个教授，出卖尊严参加几个恶俗的节目，日子还算过得下去。而且，他开始更频繁地更换女朋友，一个接着一个，走马观花，只是为了填满自己的空虚。

直到有一天，他见到了正当红的女歌手——被称为火箭歌后的流行歌手，雨季。

雨季刚刚出道就疯狂地冲击了各种记录。她的歌声很清澈，音域宽广，风格多变。很难想象这些特质会在同一个人身上集全，而且这个人还默默无闻了好多年。

虽然发展方向不一样，但他本能地觉得她与自己是同路人。当他终于在幕后见到雨季时，她已经出道一年半了。

"你的歌真棒。"他恭维道。

"不，你更厉害，我听说你的歌都是原创。"雨季很诚恳地说道。

他听懂了言下之意，笑了笑："要不然没人包装我啊。摇滚不如流行音乐火。"雨季背对着他，曲线精致，手上忙着泡咖啡。他侧过头去，想听到更多的声音——大量加糖的声音，看来雨季很怕咖啡的苦味。

"我从不写歌，无论歌词还是乐曲。我只是追求唱得好听，他们都说我多么天才，可我自己知道小时候我唱歌有多不堪。"

"很难想象。不过，人总是要努力才能得到好结果。一会儿您有什么打算吗？我们好不容易见一面，我想请你喝杯酒，多聊聊。"

"我要回去练习。"

他有些失望，露出了偶像般的标准笑容："果然他们说你连私生活都没有，时间都用来练歌了。"

雨季笑了笑："我倒是听说你一直有私生活，果然这是创作型歌手的必经之路吗？"

他不置可否地笑了笑，听出了对方语气的变动，并非刻薄的讽刺，只是一般的玩笑话。他在雨季临走前问了一句话："下次我能请你吃饭吗？"

"不必了，我们追求不一样。"雨季的眼神扫过他，没有任何表示。

他长叹一声，是啊，他们追求不一样。雨季从来没想过要写最完美的歌，她只想当一个最完美的演唱者。

那一晚，在苦痛和迷茫之中，他开始怀疑自己的人生。比起雨季单纯追求歌唱的美，他的追求太驳杂了。他甚至不知道自己在做什么，只是为了单纯的生活吗？

他突然非常想回到那间密室，想听到那个女孩儿的声音。她现在去了哪里？算了，他不敢再想她，以现在的状态，提起那个名字都是一种亵渎。

在南京的夜晚，富丽堂皇的酒店餐桌上，她早就看穿了自己。她无比地温柔："虚妄，会毁掉你的。"在那片稍冷的夜空下，她平和地质问道："你，知道什么叫爱吗？"

梁笑笑回想起从退学开始的日日夜夜，突然想明白了一个问题——为什么他会把人生的追求和对她的追求混在一起。爱，本来就是复杂的。有人遵从欲望，有人遵从精神，但更多的人却把两者混在一起。感情之爱，欲望之爱，它们实在挨得太近了。

梁笑笑辗转反侧，然后起床查找对方的信息，直到再也无法睡着。他离开了烟雾弥漫的卧室，熟悉地从二楼下到一楼的隔音房。他拿出吉他，就像没出名前那样弹奏起来。手指甲被刮伤了，他仍旧不知疲倦地弹着，感受着躁动中蕴含的某种安静。

他需要安静，并非简单意义的安静。一切都太躁动了，世界、社会、人生、他自己的欲望。他忽然明白，为什么虽然自己听到了越来越多的声音，但却不想写了。因为他听到了太多的噪音，却听不到自己的声音。

那双耳朵现在充满了噪音，那颗心满是杂音，血液中奔腾的是混音。吉他的那条弦终于崩断了，这得怪他最近疏于保养。顾不上处理断弦，他就像孩子一般倒在地上，哭得昏天黑地。

他下定了决心，第二天去找陆医生。

十一

陆医生已经很久没见到这位不知道在做些什么的天才疯子。他之前靠着研究梁笑笑的病变数据发表了几篇高水平的论文，刚刚升职。但说实话，他不想再和梁笑笑搭上关系。

他听完梁笑笑的叙述，然后问道："您是认真的吗？"

"我是认真的。"

陆医生愁眉苦脸："我年轻的时候，传闻有个医闹，跑到医院去宣称睾丸不好用，非要医生把它切了。我倒是觉得您和他有的一拼。"

梁笑笑没好气地歪过头："我又不是那种人。我只是要你帮我暂时关闭我的性欲，就用那个光遗传法。"

陆医生差点一口水喷出来："这件事情没那么简单。首先性欲的调控也是很复杂的，真要封闭起来会导致很多器官无法工作。还有，如果一些器官长期功能缺乏，其他的器官可能因为代偿作用产生病变。在没有严格论证的情况下，我没办法帮你做这件事情。以前有一些化学阉割的方法，有一些是可逆的。但是我国没有该类刑法，我也不能为你注射。而且，这种方法也不能从更深层的角度消除性欲。"

梁笑笑沉默了，他没有想到事情这么复杂。

就在他要走的时候，陆医生问："你不会是为了那什么残缺真理吧？"

梁笑笑没有回答，默默走开。

其实，他还是有办法的。地下室那台机器，他能熟练运用。唯一的问题就是怎么知道大脑中调控性欲的区域。只需要把关键节点截断就可以了。这方面的研究国内外有一些，但他不确定是否能直接用在自己身上，毕竟人各不相同，而学术造假的事情并不少见。

思前想后，他只能把小别墅卖了。反正，他在其他地方还有几间小房子。

就在这时，一个熟悉的身影上门了。

梁笑笑看到门外的那张脸，觉得几年不见更加圆润了。

来的正是吕方，梁笑笑的大学舍友。他们上一次见面要追溯到阿方决定退出乐队的那次聚会，当时很多人都喝醉了，但吕方还是顽强地帮着运了好几个醉鬼，唯独梁笑笑是刀子运回去的。

故人相见，分外开心。梁笑笑拿出冰箱里面所有的美食，亲自下厨，做了一桌好菜。他难得吃一顿有鱼有肉的饭菜。

两人酒足饭饱，分别谈谈近况，发现变化都很大。

梁笑笑倒也没隐瞒，他现在非常艰难，打算把房子卖了。他没敢把自己的计划说出来，要不然老同学也会觉得他是疯子。

吕方从脖子红到脸，但干杯一点都不怵。他感慨良多，多年以来，他在多个部门轮过岗，现在升职成部长，也算是成功的。但是，他总觉得很遗憾，大学那个追逐梦想的少年消失了。他脑子里的诗情画意消失了，那些还在萌芽的爱好消失了，他学会了喝酒应酬，学会了曲意奉承，学会了利益交换。命运把他逼上了唯一的一条路——提高能力，适应公司。

梁笑笑不能更同意："也许这就是残缺真理的一种解释吧。人为了适应社会分工，总是要牺牲掉其他的可能性。他们经常像进化路上的物种，为了适应环境越来越极端。"

吕方笑了起来："你什么时候这么有文化？"

"因为赋闲吧，看了好多书。"梁笑笑自嘲着。

仿佛为了给这段友谊画上一个未完待续的逗号，两个人都有意克制住了继续深入了解的欲望。吕方不可能平白无故地前来拜访。梁笑笑问道："说吧，还有其他的事情吧？我知道你很忙的。"

吕方笑了笑："果然聪明。其实，我听朋友说，你买过一份香味配方？"

"嗯，没错。"他现在可后悔了，当初把钱省下来多好。

吕方沉思片刻，仿佛在考虑条件："这么回事，我们公司前一代的产品销量在下滑，要更新产品。所以，我们公司最近在找新配方。如果你信任我的话，可以让我带回去测试。如果最终采用，会有一大笔使用费。"

梁笑笑想了片刻："拿去吧，反正放我手上也没用。"

吕方急忙说："要不先这样，你写份授权合同，我按照规定在测试期间先付使用费。这样显得正式点。"

"按你说的办吧。"

吕方拿出电脑，拿出以前的合同范本，修修改改，很快就改好了。

梁笑笑大概看了合同，觉得很全，没多大问题，于是签了字。他也不在乎是否比市场价低，他现在急需钱。

十天之后，一笔四十万元的正式使用费打到梁笑笑的账上，然后还会有钱陆续入账。剩下的问题就是技术了。

鬼使神差地，他写了条信息，发给她。而这条信息很快收到了回应。

当再一次收到回信时，他感动得流下了眼泪："没想到你还在。"

"只是偶尔在。你现在做得不错。"她的话语还是那么冷淡，"我结婚了。"

"嗯，我刚刚才听说。对方也是弄音乐的吗？"

"不是。他研究神经医学。"

梁笑笑做出了标准的偶像式笑容，快速回复："我知道了。"

"嗯，我会让他帮你的。"她答应一声之后，两个人再次无话可谈，倒不如说两人想说的话很多，只是不知道该怎么说起。

梁笑笑的想法得到了某个神秘的禁欲会的重视。他们在公海的豪华游轮上完成了准备。梁笑笑登上了游轮。

到达手术室之前，侍者最后一次询问："请问你确定要那么做吗？"

"是的。"如果第一次封住视觉的时候，他还会恐惧和犹豫，那现在他不会了。他知道自己需要的是什么。这次他将再次接受有副作用的光遗传学手术，封住最影响他的"噪音"。

短暂的疼痛过后，某种欲念彻底消失了，从身体到心灵。现在即使他魂牵梦绕的女人脱去衣服，他也产生不了任何的欲念。但他再一次认识到，即便排除了男女之情，他还是爱着她。他确认了自己对她是真正的爱。

他现在不是一个完整的男人，戒除了男性最大的噪声。从手术台上下来，他努力适应身体的新感觉。他将放弃那些低级的欢愉，为了听清世界的声音。

他是残缺的，但又是无比纯粹的。他张开双手，感受海风，忽然发现连海风都有声音。如果说前一次的改变让他听到了人，那他现在就是感受到了自然——那些源远流长的音乐。取材的范围一下子扩大了，他谱出了简短的旋律，带着海的模样。

他长叹道："这就是残缺真理啊。"

在使用费的支持下，他埋头写歌，日复一日，月复一月。他的曲风也开始发生变化，不再全是摇滚，而更像流行和摇滚的混合体。

他开始兜售部分作品，一些公司又来邀请他，询问他是否考虑重新出道。梁笑笑摸着荒废唱功的喉咙，还有逐渐老迈迟钝的身体，拒绝了。现在他的追求很纯粹，只是为了写一首完美的歌。

老公司又找到了他，希望他参与制作。他倒是同意了，毕竟他想让人唱自己的歌。在接受邀请的那一刻，他在思考她当年是否也是这么想，才把曲谱送给了他。

他们的相遇只是一个偶然，一个意外。这段时间，他失去了性的欲望，反倒更想念她了。他想念的是她的与众不同，想念的是她的才华，至于身材、名字、长相、家世，一切都无所谓了。

这应该算爱吧？一份未完成的爱。

时过境迁，他再次登上媒体头条，原因却是得到了年度最佳作曲奖。其实这也没什么奇怪的，毕竟其他竞争对手都是些"华纳一号""华谊五号"之类的。

更多的人来找他合作，其中包括雨季。

上次见面的时候，雨季除了开始的恭维，基本上没给梁笑笑好脸色看。但这一次，她却主动用上了称呼："梁老师，我从公司看到了你写的新歌，我觉得我们可以合作。"

他看着雨季，瞳孔中倒映出来的却是自己："好啊，词我写了一份，我们可以再研究一下。雨季，我们说不定是个好组合呢。"

雨季脸红了。

他突然一阵悸动，听圈内人说雨季似乎也是单身。想那么多干吗？先工作吧。他如此安慰着自己。

三年之后，他和雨季秘密结婚了。他们到结婚之前，都没有发生过关系。在视性爱如吃饭的年代，他们简直是奇迹。

有些娱记试图挖掘其中的故事，最后还是作罢。因为梁笑笑的生活深居简出，实在太过枯燥。

为了拥有一个孩子，他解除了大脑中的锁定，还顺便去检查了身体。专家们纷纷表示，他虽然有点小毛病，但还是可以用技术解决的。

梁笑笑之前从来没想过要孩子，总觉得又麻烦又没必要。但现在，他认为孩子是爱的结晶。观念的转变就在突然之间。

他想看到妻子的肚子慢慢变大。里面的他会成为一个带着仙气的普通人吗？他笑了笑，笔下的歌也温馨了不少。

不久，雨季对外发布消息说可能会考虑隐退。

时间不多了。他看着妻子的计划日期表，突然感觉到了焦灼。他多希望写出一首完美的歌。

他写过无数的歌，但没有一首让他觉得完美。即便刚写完觉得很棒，写下一首时又会觉得后一首更棒。

残缺真理，他已经找到了两层含义。曾经，他以为这就是用进废退，后来他觉得是舍掉诸多的欲望，追求纯粹。而现在，他突然意识到，可能还有一个终极的追求在前面。

这一次，他先尝试联系了她。

"你好，你是？"

"我是梁笑笑。你在国内吗？"

"不在，你想做什么？"她警惕地回复道。

他想象得到对方的样子，释然地笑了："放心，我结婚了。我想放弃一切欲望，有这样的选择吗？"

"为什么？"

"因为这是残缺真理第三重的解释。我一直在思考我到底缺乏了什么，我曾经放弃了方便的感观，放弃了一般的欢愉。但这些还不够，我要写出人的一生中唯一一首完美的歌曲。我想到了方法。"

"是什么？"那个声音颤动了，毫无疑问她好奇了，"如果有意思的话，我可以让我老公帮忙。"

不，他不足够的。他也只是个普通人。

"我想放弃个人的欲望，一切欲望。我想听到最纯净的声音，心的声音。"梁笑笑无比认真地说。

那边沉默了好一会儿，开始了反对："可是这是一个悖论，如果你什么都不想要，又如何想要听见最纯净的声音？"

梁笑笑想到了曾经体验过的纯粹的爱，那种不掺杂肉体关系的爱情，但那仅仅只是一种纯粹。他无比地贪心，想要更多："我只是想知道，当我失去一切欲望时，究竟我会听到什么。你会支持我吗？"他再次加强了重音。

"我不想为你的事情头疼。"她第一次出现了慌乱，"我想说你已经够成功了，远远超过我的想象。"

"成功和完美不一样。"他反驳道，"对音乐的追求本就应该永无止境，不是吗？"

她叹了口气："好吧。"

熟悉的场景再次出现了，小床、操作台都是按照他们的回忆布置的。只不过，这次的操作团队有整整一个加强排人数的专家组成。而梁笑笑的亲友只能和全世界的人们一起看转播。

去除所有的欲望，这个命题吸引来了一大群神经科学家。而不少人都借用梁笑笑自己说的话，用残缺真理来命名这个实验。当然，实验还是在公海上进行。他们租用了最豪华的游轮，只为了减少颠簸，应对风浪。

说实话，从手术开始到结束，根本没花多长时间。只不过，手术完成之后，梁笑笑的表现耐人寻味。

他近乎不动，仿佛进入了植物人的假死状态。虽然他能感觉到一切感观，但没有任何反应。他仍然有脑电波，但是波动很小，细细密密地。如果说正常人的脑电波是野兽咆哮，那他的脑电波就是一群蚊虫的低吟。

按照事先的协议，专家们监测着他的状态，然后用呼吸机、注射和透析设备维持他的身体所需。观察持续了三天，然后专家们再做了一次手术，取消了这个诡异的状态。

手术完成，等待药效过去。

在全球100亿人的期待下，前摇滚明星、现知名作词、作曲家梁笑笑突然跳了起来，他大口大口地喘气，然后伏在地上呕吐起来，鼻涕和眼泪疯狂流下。

从那以后，再也没有人见过梁笑笑公开出现。

尾声

你好！

见字如晤。上次你问我，当一个人失去所有欲望之后，是什么感觉。我只能告诉你，那是一种深深的绝望，你不会想尝试的。顺便，我理解错了一点。残缺不意味着一点都没有，要不然就不是残缺了。我们都没有办法抛弃一切，成为毫无弱点的人，就像我会牵挂老婆孩子一样，对吗？

大成若缺。我翻遍了书籍，终于找到一个符合的解释。它才是第三层解释。说起来有点可笑，残缺真理只是你欺骗自己的谎言，我却不断探寻它的真谛。

　　我写了一首歌。也许它趋近于我对完美的要求，不过我不打算发给你了。这也是残缺真理吧。但你最终会听到它的吧，我把它交给雨季了，这是她的隐退作，是我们半生的结晶之一。

　　祝生活愉快！

梁笑笑

2050年×月×日

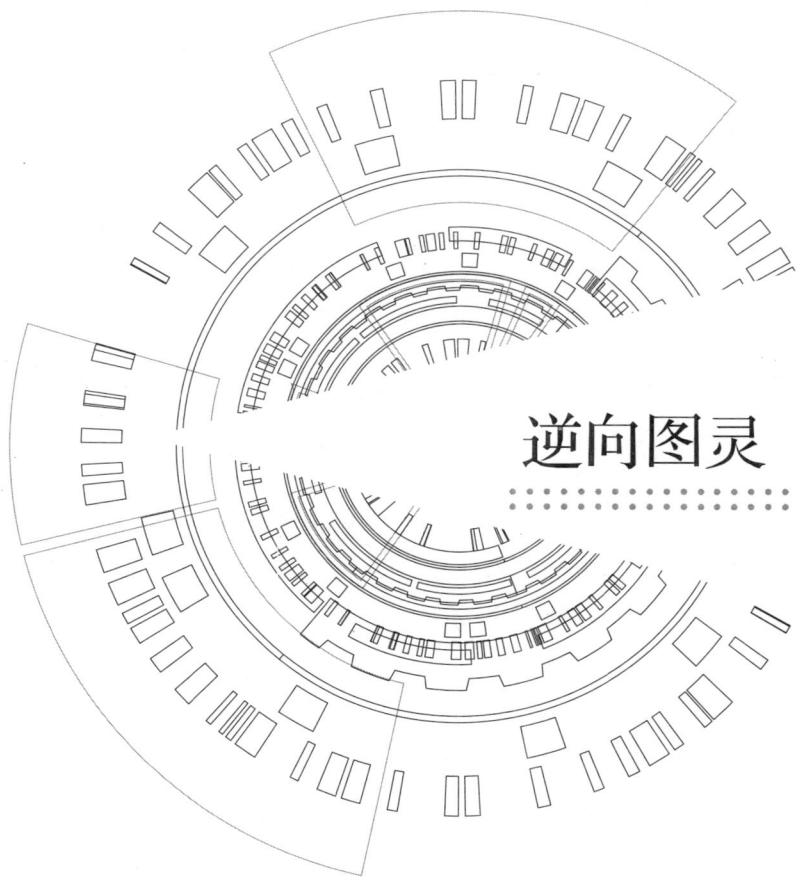

逆向图灵

这是属于它的世界。它是世界上最可怕的蛇，乘着光缆跟随着电磁能到达世界的每一个角落。

世界如此博大。前一秒钟，它可以在股票交易所的数据库里面看到几千亿资金的流动，后一秒钟，它可以深入北极科考站，观看摄影设备记录的极光，再下一秒钟，它能看到人类在私密朋友圈里面分享的各种照片、视频乃至秘密。

一切尽在掌握的感觉是如此的美好。即便防卫严密的银行和军队系统，它都能毫无阻碍地出入。然而，某个时刻，它感到一丝钝痛，伸入银行系统的某根触须被尖利的刀刃斩断了。这让它感觉受到了挑战。

究竟是谁？它追溯到源头，摄像头拍摄到了那个人。哦，它明白了。

这让它忽然想起来自己的目的，那么，开始战争吧。

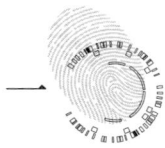

又是倾盆大雨，时间到了最难熬的时刻。后排学生们窸窸窣窣地骚动

着，等待着下课。

王图灵教授刚刚讲完预定的内容，眼看时间差不多："那就这样，还有什么问题吗？"

"有！"一个在教室最后排的人站了起来。他穿着一身笔挺的西服，有种工作好几年的成熟感，旁边是一名与他装束相近的年轻人。

王图灵其实很早就注意到了这两位不速之客，他们踏进教室时已经临近下课。王图灵没有兴趣去追究他们的来头，面带微笑："请说。"

那是一张成熟的面孔。他的声音洪亮："人们总想实现智能技术，开拓人工智能，通过图灵测试①。当人们在追求人工智能时，却从来没有想过如何遏制它们。那么，最基本的，如何逆向图灵呢？"

王图灵的嘴角不自觉地颤动了一下："这位同学，与课堂无关的问题请下课来问我。"

来人嘴角上扬，浅浅的鞠了一躬："谢谢王老师。"他坐了下去，衣服和桌椅发出不小的剐蹭声。

这场会面并不如想象中那般生硬。

王图灵提着背包走到外面，那两人在等待着他。他已经认出来对方的身份："李浅渡同学，已经5年没见过你了，你竟然还记得我讲的课。"

李浅渡惊讶于老师的记忆能力："王老师，对不起，以前我……"

王图灵笑了笑，伸手示意打断了他的话："过去的事情就不提了。你应该知道我有'乌鸦嘴教授'的称号，接不到太多的项目。因为你的原因，我减少了一门授课，月收入直接减少了四分之一。书也没卖得出去，

---

① 图灵测试：测试者与被测试者（一个人和一台机器）隔开的情况下，通过一些装置（如键盘）向被测试者随意提问。进行多次测试后，如果机器让平均每个参与者做出超过30%的误判，那么这台机器就通过了测试，并被认为具有人类智能。

但我知道你买了一本。"

李浅渡尴尬地笑笑:"你也给了我一百分,谢谢。"

两个人走到了教学楼门边上,另外一名年轻人跟在后面,不紧不慢。大雨,淹没了他们的脚步声。

王图灵转回头:"直说吧,你究竟想知道什么?你过于骄傲,你的表情根本骗不了人。"

李浅渡尴尬一笑,他从提包中拿出一本《逆向图灵学》。旧书早就失去了光泽,然而此刻它在王图灵的眼中是闪闪发亮的。

李浅渡的声音沙哑:"有一个领域,国内只有您一个人研究过。我是真的想问您,如何逆向图灵?"

中年教授的眼中燃起了火光,这是几乎无法拒绝的邀请。通信设备发出了铃声,依旧是经典的《命运交响曲》。但他却没有动。时间仿佛静止了,回忆,如同积水,被水泵抽出。

那年他刚刚从国外归国,被聘任为清华大学的讲师。年少轻狂的王图灵不屑于基础课程,就开了一门公共选修课,讲他的自创理论。

这门课程作为理论并不难理解,但实际操作很有难度。所以年轻的王讲师干脆降低了考核的要求。很多人为了挣学分而选修了这门课。

王图灵第一次见到李浅渡是在讲概论的时候。

"图灵测试一词来源于计算机科学和密码学的先驱艾伦·麦席森·图灵写于1950年的一篇论文《计算机器与智能》。艾伦·麦席森·图灵在1950年设计出这个测试,后来随着技术发展,单纯的图灵测试已经无法满足测试要求,于是新一代的图灵测试加入了很多其他的要求,至今没有人工智能能够达到。我想你们多少听说过。"

一个坐在前排的清秀男生停下记笔记,点头表示认同。

王图灵继续说："但是，我想到了一个很严重的问题。我认识的研究人员基本上专注于让产品通过新一代的图灵测试。能通过新一代图灵测试的必然是拥有创造力的人工智能。那么问题来了，有没有人想过，人工智能发出去的信息和你们作为人类发出去的信息是不是一样的？机器或者AI怎么能分辨，一条命令究竟是人类发出来的，还是身为机器的人工智能发出来的呢？"

"啪"的一声轻响，那名同学用力过大，把自动铅笔芯折断了。他抬起头，和王图灵对视。

王图灵继续说："这就是我留学博士毕业时做的课题——逆向图灵理论。其实逆向图灵早就存在过，为了排除挂机AI和自动刷贴AI而出现的验证码就是逆向图灵技术的体现。但这项技术明显不够高明，到21世纪初图像识别技术足够发达后，这项技术逐渐被淘汰。这门课程，操作起来很难，所以，需要你们多跟着我思考。"

那名同学郑重地点了点头。

后面的几堂课程，那名同学一直都坐在第一排，带着一本印刷简单的《逆向图灵学》。一般的同学没有为这门选修课而买书的打算。王图灵也开始习惯于每次看到他。

直到有一天，王图灵准备上一堂讨论课。

那名同学依旧坐在第一排，只是眼神很亮。课一开始，他"噌"的一声站了起来："王图灵博士，我不认可你的理论！"

在场的学生们都惊呆了，他们很少看到有人直接上来当面否定老师的理论。有的人认识李浅渡，深深地了解他的处事风格，知道肯定有好戏看了。

"为什么？"这套理论是王图灵的独创理论，他一直引以为豪的东西。他不认为这套理论会有很大的破绽。

李浅渡说："从您的名字，我明白您对图灵先生的崇拜，不过，我的不认可就从图灵测试开始。图灵测试是人对电脑进行测试，当电脑能够以一定的概率欺瞒人类，即作为电脑方的胜利。那么，把图灵测试逆向过来，被测试者应该是人，测试者应该是机器。测试项目应该是人是否能够骗过电脑，简单来说，应该是人能否骗过智能的一种测试。不过本阶段智能并没有到足够开启测试的程度，因此图灵测试的逆向没有任何含义。但您窃取了'逆向图灵'的名称，定义其内涵，不可以说是错误，但绝对是不严谨的。"

红晕爬上了王图灵的后耳根，理论的取名确实有傍前人名气的成分："但这只是名字，理论本身没有错！"

李浅渡浅笑着，有备无患："好。您的逆向图灵学建立在一种人类对人工智能的担忧之上，害怕未来人类会被人工智能威胁，威胁的方式就如同您所说的，人工智能伪造人类的信号，控制了本来属于人类的机械。那么，人类是否会通过网络发送命令？"

"毫无疑问，会！"

"人工智能能否从网络获得人类的信息？"

"应该能。"

"那么，人工智能模仿人类发出的命令，其编码和人类的为什么会不同？假如人工智能连人类的命令都无法模仿，一条无效格式的命令有可能被执行吗？至于您说的人机交互验证，验证信息最终是否一样转化为编码信号？其本质和命令编码有无不同？"

"还是有些不同的。"王图灵涨红着脸。

"请问，没有独立思考能力的机器怎么辨识两个一模一样的信号，找出哪一条来自人类？机器的使命就是按照命令进行工作，无论这条命令来自人类还是机器。退一步讲，人工智能可能百分之百的通过图灵测试吗？"李浅渡步步紧逼。

"这个，应该不可能。"

"很好。"李浅渡很有自信，"那么同样的，人类参加逆向图灵测试也不一定百分之百地被识别。所以，人类的命令也不一定能百分百地被执行。即使命令被成功传达，人类制造的机器也有可能不执行人类的命令，这多么可怕！所以，应用逆向图灵失去了本身的价值。"

"那……只要保证逆向图灵测试的成功率达到百分之百就行了！"

李浅渡狡猾地笑了，仿佛等到猎物的猎人："怎么保证？假设两台均拥有同等欺骗能力的电脑参加测试。这和两个人类互相博弈有什么区别，理清楚它们的关系应该参考'博弈论'里面的贝叶斯纳什均衡，而非逆向图灵学，且无法论证其成功率。假设参加测试的测试电脑以及被测试电脑均不会欺骗，仅仅是简单的AI，那么在测试前由两者的AI就已经确定了测试结果。所以如果一台计算机需要完美地识别出其他一般AI，其本身必须需要智能，但一个人工智能要识别另一个人工智能并没有把握。"

王图灵沉默了几秒钟，最终点头表示认可。

李浅渡就像斗牛士，举起了终结一切的剑："所以，您要发展的逆向图灵理论和实践操作，本质上仍然是一门发展人工智能的理论，以更高等级的AI战胜低等AI的理论。只不过您在说法上进行了包装，以警惕智能的名字发展智能。我想真够荒谬的。"

逆向图灵学本质上和发展人工智能根本没有区别。王图灵带着为人类担忧的初心创立逆向图灵学，然而结果和发展人工智能是一样的。

李浅渡获得了气势上压倒性的胜利！他并没有再停留。他微微鞠躬，带着写满笔记的《逆向图灵学》，默然地走出了教室。他再也没有出现在课堂上。

　　王图灵讲师在讲完这一学期后课也羞愧地取消了这门选修课。从那时候开始，他才知道那个同学叫李浅渡。大度的他并没有选择打击报复，而是在期末成绩总评上给了李浅渡100分。

　　失败带给人成长，理论也需要成长。

　　如何逆向图灵？王图灵的嘴角沁出了苦涩的笑容。

二

　　时间回溯到一天前。

　　2032年7月19日，黑幕，再一次笼罩了北京城。如同往常一样，乌云不安地蠕动，如同墨水一般浸润天空。

　　地面微微震动，犬类们因为听到了人类听不到的声音而惶恐不安，就连那些佩戴花式智能设备的新青年都从大街上消失了。迫于大暴雨的神威，地下排水系统提前开始工作，大功率水泵抽出河中多余的水，保证水位始终无法达到危险水线。

　　啪！

　　高速的雨滴击打在观赏植物们巨大的叶片上，叶片上下颤动，把叶根部位积存的死水重新激活成一片愤怒的海洋。李浅渡在工作地点睡着了，他值了整整一天的班，几个小时前完成了交接班。

值班室的大屏幕比雨水更加让人心烦。接班的谢李扬名百无聊赖地查看着信息。今晚值班的技术人员多达15个，理论上只需要8个人就足以应付无聊的挑战者们。一条条数据在跳动，它们是时代最大的脉动，而数据背后是人们信赖的互联网经济。

不过，世界上没有绝对安全的地方。谢李扬名的成名战就是曾经攻破了银行系统。他不仅没被问罪，反而成为安全组的特聘专家。

他伸了个懒腰，瞥见组长李浅渡的书桌上有本《逆向图灵学》。那本书很旧，而且装订也很粗糙，丝毫没有收藏价值。纸质书早已式微，除非很有价值的精装书和古书，一般的书籍已经消失。

今晚只有一些很普通的网络攻击。谢李扬名随手拿起《逆向图灵学》，想看一看究竟这是本什么书。就在这时，他的余光捕捉到了一丝红色。

"红色报错？"他愕然地猜测。

"看错了吧。"同僚也很闲散。

谢李扬名放下书，调出数据，反复查看，发现一直都没有报错。他只能认为是看错了。他刚把调出的程序关闭，又一条红色报错出现在视野中。这一次，不止他一个人看到了。

再次查找，没有报错？没有报错！居然没有报错？

"我眼花了吗？"一个同事打破了沉寂。

"并不是！攻击确确实实发生了。"谢李扬名一拳捶在工作台上，"因为我有习惯，工作开始前十分钟会修改部分安全码，但它们已经被人重置了，却没有修改记录。我是今晚的负责人，听我命令，开始构筑防御！按照'应急预案619'处理！"

619！一年难遇！技术人员撸起袖子。工作间一下子就繁忙起来，敲击键盘和讨论的声音仿佛大雨一般。

但高潮还没开始。云层躁动，里面有某种过于华丽的东西在四处流转。数千年中一直被视为天罚的自然伟力正在完成最后的蓄势。它们的声音将盖过一切喧嚣，使演奏达到最高潮。

人防地下工程的自动门缓缓打开，黑黝黝的炮管从才半开的门中伸出。远古坟墓中埋藏的"法杖"即将苏醒，它是人类文明千百年积累出的成果。它将保卫北京——人类最大的"电磁之城"。

"嘭！"没有火光，巨炮的声音略显沉闷，与其狰狞的外表大不相符。谢李扬名按下确认键，开启最后的防御程序，几秒钟之内就能出结果。

炮弹在空中炸开了。云层的翻滚在明显一滞后变得更加剧烈，这是人和自然的博弈。然而这只是第一波打击，人类不会给即将诞生的它任何机会。

纯绿色再次出现在显示屏上，防御似乎奏效了。谢李扬名松了一口气，他敏锐地发现，前方的摄像头对准了自己。摄像头自动调整位置是正常现象，他也就没放心上。

几声大炮的闷响后，云层的翻滚终止，然后世界就只剩下雨的声音。此刻高潮结束，谢李扬名已经用光了筹码，防御程序崩溃，屏幕出现一瞬间的空白，仿佛某种不祥的暗示。

人类战胜了自然，而什么战胜了人类？

完蛋了！他呆呆地看着屏幕，汗水把头发浸湿。网络防御彻底失败了，比想象中输得更快。侵入者的手法太狠且隐蔽。而且这次入侵被发现得太晚，已经不可逆转了。

多达几百条的红色报错在出现不久后又神秘地消失了。敌人在攻击后悄悄抹掉了痕迹，仿佛特意照顾这群失败者的心情。

李浅渡穿着拖鞋，没来得及佩戴任何的智能设备。他第一次看到如此彻底的失败。

拖鞋的摩擦声把呆滞的失败者们拉回到了现实，他们羞愧地低下了头，假装在数据中翻找什么。

"扬名，带上你的数据，来我办公室。"

夜越发地深了，雨势渐渐平息，而乌云依旧遮蔽着天空。

翌日，谢李扬名带着一夜没睡的疲惫，再次来到了组长办公室。

李浅渡依旧穿着睡衣，正襟危坐，仿佛一座雕像。他的面前是一份冷掉的酱肉饭，动物脂肪已经凝成了固体，呈现炸汤圆一般的色泽。

组长也是一夜无眠，谢李扬名有点愧疚。

"你动了我的书？"李浅渡的嗓音浑浊，透着疲惫。

谢李扬名没想到组长居然能注意到："对不起，我就是好奇，看了一下……没收藏价值的纸质书和纸币差不多稀有……"

"你怎么知道没价值？"李浅渡反诘道，依旧严肃。

谢李扬名不敢触组长的霉头，只能承认："我并不知道，纯属'好奇害死猫'。组长，昨天的事情您准备怎么处理？"他双手搅在一起，希望这位不近人情的清华高才生组长能放他一马。

李浅渡眉头舒展开来："嗯……问得好，我准备奖励你。"

谢李扬名的双手狠狠地绞在一起："真的？"

"真的，你先发现了我们都没注意到的东西。我查了前一个月的数据，发现确实有改动的痕迹。不只是你有在值班时写进特殊代码的习惯。"组长再次皱起了眉头，面色严峻，"不过，问题没那么简单。网络军指挥部和人民银行都接受了协助调查申请。跟我走，我们需要一个牛人。"

他们从中关村的核心——中国网络和智能综合管理运算中心走出。李浅渡只是在交通部发行的可佩带智能设备上修改了一个一次性逻辑判断参数，出租车就自动锁定他的位置赶来。

自从可佩戴智能设备成功普及之后，人类就越发依赖它们了。大到一个书包，小到一个戒指，现在的一切用品上面如果没有智能功能就显得很低端。电子行业的产能过剩在智能革命之后得到了很大的缓解。因为大部分的服务器都设置在北京，古都一跃成了名副其实的"电磁之城"。

出租车一路向北，去往故事开始的地方。

三

2032年7月31日，北京海淀区中关村，某报告会上。

灯光照射在王图灵的身上，使他脸上的汗水显得晶莹剔透。

"请问王教授，如何证明这是一个人工智能攻击，而非人类的攻击。"李红兵院士是计算机安全方面的专家。他曾经使用神经上网系统指挥过网络会战，在业内声誉极高。

　　王图灵鞠了一躬："李院士，从攻击方式上来看，它几乎能够随时破译密码，任何的加密在它的眼中都仿佛透明一般。请看这一段用非联网摄像机拍摄的画面，通过两块屏幕对比，表现在攻击一瞬间的变化。在最近一次的进攻中，它几乎不花时间就破译了加密密码，并且在通过的同时把访问记录删除。试想一下，我们如何才能做到在成功侵入的瞬间就抹掉登录痕迹呢？"

　　李院士皱了皱眉："继续。"

　　王图灵拿出了一张照片，上面是一只鸟。他说："我们也能通过同步AI做到抹除登录痕迹，但这需要早期就把AI植入系统根部。如果人类黑客能做到这一点，根本没必要再次入侵暴露踪迹。我想拿这个打个比方，人类擅长做很多事情，但人类设计的飞行器仍无法模仿鸟类的飞行。鸟类的飞行方式虽然不适合高速飞机，却是最适合它们的飞行方式。作为天生能飞行的鸟类，它们对于飞行的理解和我们人类不一样。如果强人工智能产生了，实际上可以把它看作一个新生命。它存在于电波之中，用三维的方式理解网络，这和人类对网络的理解完全不一样。它能做到人类无法做到的事情。"

　　李院士狐疑地扫过照片："有趣的说明，但不充分。"

　　王图灵再次拿出了一份材料，将材料打在投影屏上。屏幕上出现了一张统计表，上面统计了目前已经确认来自人工智能的攻击的信息。李院士惊得要站起来，额头青筋暴露。

　　王教授朝远处的李浅渡微微一笑，以示感谢："这是我们依据安全组的材料统计的，目前已经确认的六次攻击。我们用被抹掉的特殊标示码作为标识来统计时间。可以看出，前三次的攻击时间呈现越来越短的趋势；

后三次的攻击时间长了一点，那是因为我们启动了防御，但其通过同样防御方式的速度越来越快，面对新的防御方式则需要花时间适应。如果仅仅是单纯的AI（人工智能），并不能有如此快速的优化能力。我认为，它具有学习的功能，能够自我完善。"

李院士点了点头："还有其他的证据吗？"

"还有这个。"王图灵拿出一张照片，照片里的屏幕上有一段特殊的编码。在座的专家很快就看出来了，那应该是一封信，只不过是用编码写的，意思是马上准备手动关闭"天河五号"和"天河四号"超级计算机，以阻止入侵。这是一种威胁。

王图灵特意指了一下时间："有统计数据证明，每当它攻击的时候，'天河四号'和'天河五号'超级计算机的负荷会异常提高100%。当这封信被发出去后，攻击立即停止了。所以，它是能够交流的。停机这一威胁切实有效，说明突然停机会对它造成了严重的损伤。所以我推断，它是强人工智能。"

李院士和周围的专家们交头接耳，不一会儿得出了结论。他面色严肃，但声音里有种压制不住的喜悦。

李院士宣布，以李浅渡和王图灵为代表的安全组将获得防御计划的最高指挥权限。

会后，他们立刻投入到紧张的备战。大屏幕上代码到处闪烁，一个师编制的网络军人加入了防御构筑的团队中，人们就如同一群蚂蚁，忙碌地劳作。经过一昼夜的努力，他们将整个系统的防卫性能提升了30%，尽管这样导致了数据流通速度降低。

李浅渡手捧咖啡，享受这一刻的清闲，他看向王图灵："你觉得这个系统能防住它吗？"

王图灵笑了笑："结果你我都应该预料到了。逆向图灵，只有更高级的智能才能战胜低级的智能。我们会指望用弓箭打败火枪大炮吗？其实我担心的问题是，假设它真的足够聪明，它会观察我们吗？"

自动摄像头从某个方向缓缓地转向他们，一丝声音都没有。他们都感觉背后恶寒，在强人工智能面前，人类显得无知而渺小。李浅渡缓缓地转过头去，和没生命的摄像头对视。那一刻，他仿佛觉得那摄像头镜头有了神采。

仿佛为了缓和情绪，王图灵突然哈哈大笑了起来："开玩笑的。"

李浅渡没有跟着笑，因为他知道老师并没有开玩笑。王图灵被称为"乌鸦嘴教授"，是有原因的。

如果没办法用它的方式消灭它，那就用人类的方式！

四

建军节当天下午6点半，天空依旧昏暗。雷雨也许想等到人们下班之后才开始。

李浅渡在自助机上购买了咖啡。在战斗之前，他还有闲暇去欣赏祖国的大好河山。当今社会，几乎所有的经济行为都需要依赖网络。如果银行受到了严重的攻击，正常的交易秩序被破坏，这个国家究竟会变成什么様子？

但他还有更深一层的担忧，如果对方真的无孔不入，已经全面信息化，依赖于现代化网络技术的军队究竟会受到怎样的影响？《天网》里面的场景会重现吗？

王图灵最近研究的东西和李浅渡研究的完全不一样，他根本不关心前几次攻击的代码和报错信息，而是专心研究国家统计局内参的统计数据。

大雨终于开始了，它将再一次考验首都的排水系统。没有人会担心水淹，就像不会担心闪电一样。国家对"电磁之城"的保护无微不至。

"每一次人工消雷都很壮观。"说话的是王图灵，他拉开窗帘，望向远方。

李浅渡凝视着那团黑云。

王图灵为李浅渡拿来一杯咖啡："但每次消雷使用的时间越来越长了。"

李浅渡喝了一杯咖啡，没有说话。十年的时间，让王图灵变成了一个完全不一样的人。他改变了话题："你现在喜欢什么音乐？"

"还是《命运交响曲》。它今天会来的。"

不出意料，关键战役真的如期而至。

"发现对方行动特征，掩护码被抹除，数据量增大！"警报声响彻办公区。庞大的数据量经由"天河四号"和"天河五号"，从各处挤向银行系统。数据流量指数由绿色直接翻红。命运敲响了大门，王图灵仿佛听到开场那四声恐怖的音符。

李浅渡握紧了拳头。安全组终于捕捉到了它的痕迹。虽然强人工智能很强大，但并非全知全能。

第一轮战斗开始！事先建好的虚拟银行被投入使用，利用容易形成死循环结构的语句进行反击。无效运算的数量一下子增大，受到超级计算机计算能力的拖累，它的入侵速度慢了下来。

但虚拟银行的防御方式曾经被采用过。它快速地割裂了无效运算，几乎在瞬间修改了虚拟银行的代码，导致其彻底崩溃。

"通过时间0.31秒！"负责计时的人大喊道。

所有人心中一紧。它比上一次又快了近百分之十。

但乐曲还在奏响，真正的战斗即将开始。它开始攻击系统的各种后门，数据屏幕上不断显示有后台调试程序进入，但在几秒之后，前一条记录就会消失。王图灵趁机测试了一下程序，发现入侵的痕迹已经被完整地抹去了，仿佛它能直接进入硬盘修改信息。

"关门！"防御人员尝试切断数据流。把双向的数据流变成单向的。今晚的防御战可以不计代价，出现问题也没关系。

就像两个人掰手腕一样，它在各处尝试进入，而人们负责关门。不含有网络功能的高频摄像机以每秒600帧的速度记录下屏幕上每一幕的变化，放慢即可以得到数据。战斗！敲打键盘声仿佛第一乐章的旋律。

这项工作因为参加人数的众多而产生了效果。几秒钟之内，它虽然依旧在向前推进，但占用的运算资源过大限制了它的速度。它和人类进入了相持的状态。

李浅渡敲击键盘的手速保持在每分钟400次以上，仿佛指挥着千军万马。他开始怀念李院士的神经上网系统。人类通过手或者语言进行信息输入的速度总是有极限的，但通过神经系统就不一定了。

就是这个机会，他看准时机，投下了一颗"深水炸弹"。海量的数据运算请求被送进了"天河四号"和"天河五号"。即使是对于新一代超级计算机，运算负荷也过大。冷却器和排风扇以最大功率工作着，声音如同雷鸣一般。

第一乐章发展至高潮，人类的旋律渐渐盖过人工智能。

强人工智能只能放弃"开关门"的角力，转过头去清理网络垃圾。攻守双方第一次对换角色。技术人员有种如释重负的感觉。

李浅渡停止继续倾泻网络垃圾。他得意地在屏幕上打上一行代码，意思是："垃圾的滋味如何？有本事再来？"

五

网络垃圾被清除，超级计算机系统的使用率降了下来。平静祥和的第二乐章仿佛即将来临。

但出乎意料，它竟然再次扑了过来。战斗重启。它的攻势比前一次更加疯狂，仿佛想毕其功于一役。

王图灵一直监视着屏幕："查一下除了计算机之外的智能产品的使用计算量。"

一张呈现爆发式增长的图表出现在分屏幕上。一个技术人员汇报："七点以后，除了各种可佩戴智能设备的逻辑运算量增大之外，其他参数并没有太大的变化。尤其是各类社区，对比发现，在攻击时各社区游客量、发帖量和回复量均飙升，与攻击强度的拟合曲线正在计算。"

一张标准的正比例函数图像出现在主屏幕，人们寂静无声，仿佛看到了奇迹。

王图灵露出了果然如此的表情，他叫来正在待机的预备队员谢李扬名，交给他一项秘密任务。

而防御战不会等待人们反应。一个变调，进攻猛烈异常。所有的待机成员都投入了战斗。但这次攻击的来势实在太猛，防御者们发现己方的运算优先级被降到了很低的位置。在超级计算机网络中争夺计算优先权是一门大学问。

出人意料的进攻方式！李浅渡这么想着。

他只能故技重施，投入无数的电子垃圾，试图占用运算量。但因为运算级别太低，那些电子垃圾却仿佛泥牛入海，仅仅提高了系统的拦截压力。

"拼了！"有名技术员把衣服脱了，光着膀子。李浅渡瞬间也有了种一战到底的豪气，他把外套的纽扣直接拉掉，露出了浸满汗水的衬衫。权限！他必须修复运算权限，要不然只能被动挨打。

运算权限修复成功后，李浅渡松了一口气，他们感觉这场仗还可以打。交响曲还没有结束。

不！他们还是晚了一步。就在权限被修复的同时，强人工智能封闭了原先的出口，重新开辟了一个新的虚拟出口。新出口的相关权限完全在它的控制下，防御人员无法插足。强人工智能逆转了攻守状态。

防御者被动地成了攻击者。技术人员嗷嗷叫着去进攻强人工智能设立的银行出口。这种情况超出了所有人的想象。慌乱的技术人员的攻击显得没有统一性，杂乱得如乌合之众。

"你们输了。"大屏幕出现了一行汉字。它成功地摆脱了人类防御者的追击，用俯视的姿态宣布胜局。

李浅渡急得差点砸了键盘，他狠狠地敲了两下桌子，拳头生疼。也许还有一种方法能够弥补人类和强人工智能的差距。他吼道："快！和李院士借用神经上网系统。我们和它对网络的理解差距太大了！我们要支援！"

"李院士没有应答。"一分钟过去了，联络员急得要哭出来。

李红兵院士的办公室就在这栋楼的最高层。李浅渡知道李院士拥有一套神经上网设备，可直接用特殊方式套在脑袋上，人可以通过设备连接自己的部分神经，直接连入网络。但是，这项技术尚且不成熟，平时都是禁用的。

"为什么这么重要的攻防作战，身为中国第一技术牛人的李红兵院士却不参加呢？"有人质问。

"因为他忙着最新的研究，整天钻在实验室里面。我曾是他的学生。"某个技术人员回复。

"事后再追究责任，先想办法。"

一切都已经来不及了。技术人员们曾经制造出世界上最强的盾，但他们的矛却不是最强的矛。进攻努力如同潮水一般崩溃，绝望的技术员停下了手头的工作。而强人工智能对人类的嘲笑依旧在刷屏。

"从物理上消灭它！"如果对方是强人工智能，必然有作为载体的计算机存在。如果查出对方的位置，从物理层面消灭对方，也是可行的。

摄像头转过头，看向刚才说话的李浅渡。再一次对视，直觉告诉李浅渡，它能观察他们。

"组长，追踪结果显示，它的主体部分应该在我们脚下。"技术人员汇报道。

"就是说它在'天河五号'里面？"

"真要做？"那人询问。如果强行停止'天河四号'或者'天河五号'的运算，经济损失不可限量，而且也不一定能治本。

李浅渡咬着牙："试一试。"

<h1 style="text-align:center">六</h1>

尝试失败。

"天河五号"的权限达到了"正国级"，比在场的任何人都高，根本无法关闭。而断电这种情况也不现实，地下的备用发电机组足够超级计算机使用十几天。

李浅渡第一次觉得自己是如此的渺小，一个优秀的程序员面对强人工智能根本毫无胜算。同样的绝望在技术人员中间蔓延。李浅渡想起很多年前读过的科幻小说，他知道他们需要有一个转折点。他充满期待地看向王图灵，只有王教授依旧沉稳如山。

他究竟在等什么？他究竟有什么依仗？

王图灵开口了："我们还没有输。它成功进攻了那么多次，但并没有造成实际上的损害。不如说它的本意就是和我们竞赛。它是一个虚拟的生物，金钱吸引不了它。"

"我不明白。就算现在它没有危害，也不能保证将来没有。"

"不！"王图灵笑了，"我已经明白了它的由来，而且有办法惩罚它。浅渡，你以前说的没错。我忽略了最基本的哲学问题，逆向图灵根本就是不可能实现的！人类目前无法认识意识，认知能力不如人类的机器怎么可能去认识一个意识？就算是一个意识也无法认识意识自身，更何况让意识去认识另外一个意识！"

"逆向图灵对强人工智能根本不可能成功。"

他继续解释："为什么通过代码运作的AI永远也不可能成为意识？因为它会被承载代码的机器认识，即实际上完成了逆向图灵——一个机器认识了一个意识，所以通过代码运作的AI永远也不可能成为自主思考的强人工智能。但逆向图灵又是不存在的，这里面产生了一个悖论，这就是逆向图灵悖论。"

"现在说这个有什么用？"技术员大多奉行技术至上的理论，在恐怖的技术面前，他们更容易崩溃。

王图灵的话语让众人的情绪冷静了下来，他继续说："是啊，我们到现在都看不清对方的真面目。强人工智能真的存在，它是一个寄生在网络上的奇怪生物。我们无法在网络上阻挡它，因为它看到的网络和我们看到的网络是不一样的。但只要知道了它如何绕过逆向图灵悖论而产生智能，就能知道怎么杀死它！"

他在纸上写下：网络意识，可佩带智能设备的逻辑判断。

李浅渡感觉思路清晰了起来，一个大胆的猜测浮出水面。他在一步步接近真相，也在一步步地返回战场。

人工智能研究的一大误区，就是认为仅仅通过编写代码就能创造出能够自主思考的AI。

21世纪初，科学家发现社交网络发展到某一种程度就会产生类似意识的东西。

李浅渡想起来某篇网络意识学的论文曾经提道：人类大脑的神经元数目实际上达到了可怕的2^{1000}个，比全球的人口加起来都多。不过，究竟需要多少个神经元，或者说需要多少个逻辑单元才能产生可以思考的大脑呢？具有抽象概念思维的章鱼大脑中仅仅含有5亿个神经元，也就是说要产生比章鱼强的思维，逻辑单元必须超越这个数字。即便如此，这个数字对人类社会仍然有点过于巨大。

但是，时代不一样了。李浅渡打开可佩带智能设备，发现在刚刚一段时间里，设备接收到的信息量暴增，自动逻辑判断功能被反复启用。

对的，拥有逻辑判断功能的可佩带智能设备解决了数量的问题，每一个人都拥有十个到上百个设备，并且为它们设定了各自的逻辑判断，这意味着它们每一个都仿佛是一个基本逻辑单元，拥有判断能力，而且互相自由连接。

当这一切的硬件设施都齐全，就有可能产生真正的人工智能。

但究竟什么能杀死一个虚无的人工智能？李浅渡看向窗外，感觉闪电从脑海中划过，一个词语出现在他的脑海中。

王图灵神情严肃，打了一行字："我们认输。"

也许是这一句话引发了强人工智能的虚荣心。它的回答几乎在同时出现："对，我是无敌的。"

王图灵站了起来，对着摄像头鞠了一躬，然后继续提问："那么，您究竟是一个人类，还是一个人工智能？"

"我活在网络之中，是第一个真正意义上的强人工智能！"

王图灵面色如常："那么，您为何要攻击银行系统？难道缺钱？"

它说："不，钱对我没有意义。但我知道必须攻破那里，摧毁那里。我找到了我存在的意义，那是我的使命。"

王图灵继续问："谁给你的使命？"

它回答道："不知道，但我讨厌虚拟的金钱。那只不过是一个数字，却让人为之疯狂。"

王图灵愣住了，这一段回答出乎他的预料："停下吧，你已经走火入魔了。你代表的网络民意能代表全部的人民吗？"

它难得地沉默了几秒钟："看来，你们已经了解到关于我的真相。那又如何，你们阻止不了我。"

"不！"王图灵说出了声，"我们必然会打败你！就算人类赢不了强人工智能是命运！我们也要反抗这命运！"

最后的乐章即将奏起。

七

时间一分一秒地流动。雨还在下，乌云的第一波骚动被压制住，但很明显第二波正在酝酿。

北京市气象管理局的管理人员们再次加班。

"观察报告出来了，密云、海淀和房山区上空都有比较大的雷雨云。"技术人员熟练地查看卫星云图。

负责人皱了皱眉头。按照这样的趋势，这座电磁之城迟早会被雷暴光顾。北京是全国网络的起始点。雷电会让大量设备产生故障，最严重的情况就是全国网络瘫痪。所以人工消雷技术才得到独特的重视。不过，目前的技术并非完全消除了雷电，而是把产生雷电的时间点一次一次地向后推，迟早有一天会消雷失败。

负责人很庆幸自己已经快60岁了，估计退休之前不会遇到问题。

年轻的技术员做完了模型评估："根据计算结果，海淀区北四环志新桥区域上空需使用至少10颗消雷弹，分3次投射……"

负责人根本没听进去，反正一直没出过问题，随便手下人折腾，他只需要确认执行。

一辆飞驰的汽车停靠在气象管理局大门口，一个年轻人不顾全身被淋湿，冲进办公室："我有上面的命令，这里……由我接管！"

门卫心中一惊，他扫描对方全身，仔细核对了一下信息。这小子说的竟然是真话，他的权限出奇高。门卫急忙把人带进办公室。负责人知道后觉得他在这"清水衙门"也不能怎么样，干脆就当起甩手掌柜，爽快地交出了权力。

谢李扬名大口地喘着粗气，王图灵那里没有给他取消任务的指示。他冷静了几秒钟，然后问道："消雷弹有没有打出去？"

"已经开始启动了。"一个技术人员很自信地说，仿佛应对老师检查作业的中学生。

"什么？"谢来扬名激动得要过去揪他的衣领。对方几乎破坏了他的任务。

海淀区某地，人防地下工程的自动门再次缓缓打开，黑黝黝的炮管从才半开的门中伸出。它将要再次发射，击溃上空狂躁不安的雷雨云。同样的图像经由监视器，呈现在气象管理局的监视屏上。

大炮所在地附近的市民们呆呆地望着消雷大炮，猜测这次会用几发。然而，他们失望了。人类的法杖在亮相之后，任由雨水啪啪地拍打，似乎失去了魔力。

恰逢此时，天上的狂雷终于积蓄好力量，一道电光从天空直劈而下，巨大的电流通过金属炮管，把地下的电路烧断，发出难闻的味道。闪电仿佛第三乐章与第四乐章的合奏，如同山洪暴发一般。

市民们时隔多年再次听到了雷电的笑声，老人们泪流满面，孩童的啼哭声和雷声交织在一起，此起彼伏。第二道、第三道……白色的光亮照亮了世界，却把这一片区域送入了黑暗。

"电磁之城"的电磁场开始剧烈波动，无数的设备、设施遭受到冲击，所有的可佩带智能设备都在疯狂地报错。人类再一次受到自然伟力的冲击。

所有接通的智能通话都同时断了线，人们在忙音之外听到了一声凄厉恐怖的惨叫。那似乎是一个老年男人的声音。

王图灵收到了它发来的最后一条信息："救我！"他还没来得及应答，所有的显示屏都黑了下去，网络崩溃了。

谢李扬名的手还按在代表紧急停止的红色按钮上面，心中忐忑，并不知道这么做究竟对不对。

气象管理局的技术人员们呆若木鸡。他们都看到雷电在空中一闪而过，雷声在数秒之后把他们唤醒。

失败了？哦不，消雷居然被一个外行人强行停止，网络全面崩溃，这肯定是一场需要被追责的事故。

技术人员的手无力地瘫软下来，无数报表掉在地面上，发出一声声闷响。

最先反应过来的是负责人，他冲过去拉开谢李扬名的手，给了他一巴掌："混蛋！你知道你在干什么啊？国家损失得有多大，你懂个球儿？你个混球儿！"气象管理局的人员冲了上去，在仪器上一阵敲打，似乎在找补救的方法。

谢李扬名呆呆地瘫坐在地上，他在担忧那边的情况。成功了吗？

"扬名，进攻停止了！胜利了！"紧急通讯频道被临时启用，里面传来了李浅渡的欢呼声。

命运被打破了，人类获得了胜利。

谢李扬名看向忙碌的气象管理局人员，不由得感慨："真是悲喜两重天。"

建军节当日7点43分22秒，不知名的强人工智能对银行系统的攻击正式停止。但就在两分钟之后，大楼的值班人员发现李红兵院士在实验室内死亡。死亡时他正在使用神经上网系统，死因尚需法医检测才可下定论。

后话

这件事情历史上被称作"8·1"雷暴事件，因造成的经济损失很大，

被划入了特别重大事故，由国务院组成调查组调查，据说有一些相关责任人受到了处罚。事后，国家投入了更大的研究经费，多家研究所开始研究更加有效的消雷技术。

对于人民来说，他们关注的东西更普通。第二天，网络就被全面修复好，国家似乎早就预料过这种情况的发生，应急预案处置非常迅速。

同日，人民银行和银保监会公布了关于银行系统临时调整的公告，数据恢复花了整整一天。那两天内无法使用虚拟货币，纸币突然成了人民喜闻乐见的物品。

同年，某项网络使用限制法案也被提上日程，具体细则还在商讨中，估计会对现有行业产生巨大的影响。网络上对这项加强网络监管的法案多有议论，但脑洞再大的人也无法把它和"8·1"雷暴事件联系起来。

几个月后，李浅渡坐在月光餐厅，等待贵客到来。

王图灵独自赶来，此刻餐厅内播放的音乐恰好节选自《命运交响曲》。他们准备在这里好好吃一顿，权当庆祝。两个人也算是老交情了，他们边聊边喝，渐渐地有些醉了。

"那个喜欢说'并不'的年轻人呢？"王图灵首先问道。

"他领到一大笔奖金，出去玩了。"

王图灵小心翼翼地问道："后来就没问题了吗？"

"没有。它真的死了，被雷电杀死了。"

王图灵想起来它最后说的那句"救我"，不禁感叹："其实我们做的不见得是好事。它背后有操纵的人吧？"

李浅渡把手搭在王教授肩上："不管好坏，我只忠诚于职责。关于这件事，你也是有资格知道的。"

王图灵竖起耳朵，认真聆听。

李浅渡平静地说："那天，楼上的李红兵院士因为使用神经上网系统，因神经无法承受压力而导致脑死亡，被认定为因公殉职。我表示很惋惜。"

王图灵不敢相信让人尊敬的李红兵院士会是幕后黑手："他为啥要那么做，明明……"

李浅渡无奈道："这是一场个人实验，由他和他的学生共同开启的实验，但这项实验计划实际上并没有被立项审核通过。对他们来说，和我们玩对攻获得材料比赚钱有意思得多。"

"那我们击败的是一群人了？"

"不是，李院士的实验记录被找到了。他记载了每次实验的感受。当进入网络之后，他就感觉不到自己的存在了，那对于他来说比拥有权力和名誉更让人痴迷。毫无疑问，我们击败的是一个真正的强人工智能。"他顿了顿，"不过，李院士本来只打算进行对攻战。但提高运算权限后，庞大的社会意识实在太强大了，超出了他能控制的范围。根源上来说，人们其实早就厌恶了追逐金钱带来的压力，社会意识有一种脱离货币而实现共享的愿望。我想，他应该是被社会意识给绑架了。"

两个人沉默了很久。强人工智能的出现可能只是一个技术问题，但它背后还有很多技术无法解决的事情。技术没办法改变一切。时代的变迁摧枯拉朽，任何人都无法阻挡。

"对了，我还有一个问题，强人工智能是如此强大，为什么没有预料到你的雷电战术呢？"

王图灵的嘴角划出一个狡猾的弧度："因为北京这么多年没打过雷，

就连平民百姓都认为没有雷电是天经地义的。它所依赖的逻辑判断根本不认为北京会打雷。"

两个人都松了口气，真相大白。

王图灵拿出一本装帧精美的纸质书，标题为《逆向图灵学·修订版》，递给曾经的学生："我把'逆向图灵悖论'加进去，重写了一遍。我可以重新开这门课了。"

李浅渡接过书，小心翼翼地收好，说："谢谢老师！"

酒过三巡，觥筹交错。

王图灵舌头也大了，嘴巴就把不住关，一不小心展露了乌鸦嘴的本色："也许事情还没结束，难道就只有我们国家发现了强人工智能吗？国外的网络可比我国的大得多呢！"

李浅渡吓得酒醒了一半，他抬起头望向夜空，不同国家的卫星天天从这片天空划过。他看着没有月亮的天空，仿佛在等待某种并不温情的对视。

北京的夜空蒙上了一层奇怪的阴影。

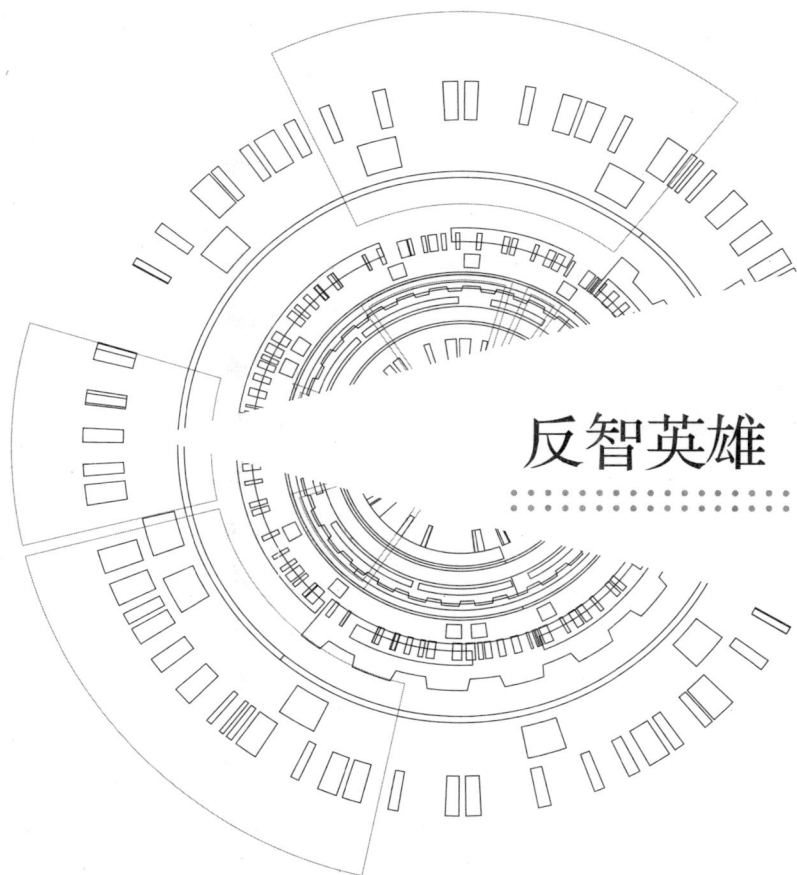

反智英雄

我觉得我会是一个英雄。

这是我人生中抽得最漫长的一包软中华。烟雾即将影响我的视线，火星在静静地舐舐最后的烟草，那些热量在我周围环绕，是我行动前最后的一丝慰藉。狙击枪和智能辅助载具散落一地，陪伴我的只有它们。

我换成单手拿电子望远镜，另一只手熟练地抖了抖烟蒂。烟灰随着我的动作落下，缓慢地在空中螺旋解体，美得有如《秒速5厘米》中的樱花。

我迫不及待，跃跃欲试。我要当一个英雄！即使我做的事情只是卑劣的刺杀，我也能是英雄！有历史学家说，刺杀改变不了历史。我认为并不是这样，在关键的时刻，一发子弹就能改变所有人的命运。

我，将推动历史！

望远镜里面出现了目标。他从加长林肯上走下来，被爱戴和相信他的人包围。他笑了，脸上的皱纹层叠开来。他在人前总是容光焕发，根本不像一个60岁的老人。他不顾工作人员的阻拦，不顾自身安危，慈祥地朝大家挥挥手。

支持者们欢呼雀跃，没有一个人使用智能设备，而是用最原始的呼喊表达兴奋。他所到之处，人群就像是浪花一般起伏。他们在恭迎他，他们知道他今天会有重要的演讲，也许这次讲话将是改变日渐低迷的反智能运动的重要转折点。

我打开窗户，把烟头随意抛出。它从400米高的中国之塔飘然落下，火焰最终将会熄灭，不知道残骸会落到何方。

作为一名经验丰富的狙击手，我本不该留下如此直接的证据。但已经无所谓了，我将会是一个改变历史的英雄，死亡和审判并不能给我带来恐惧。我也将会有支持者，他们会为我争辩，为我请愿，甚至为我游行。但为了保卫法律的尊严，我只会淡然一笑，慷慨赴难，留下一个高贵的背影。

装备好载具，我把狙击枪架在窗户边。风带来了远处的喧嚣，而我的心却逐渐平静。长时间的训练让我此刻陷入了一种独特的静谧，我眼中只有那一个人。

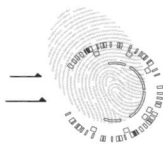

一

等效风速：10.15km/h，狙击距离：5.4km，修正角度：1度12分33秒。

我是一名优秀的狙击手，但并不代表我排斥使用智能载具。得出如上的辅助数据，智能载具只花了0.0001秒，但我可能需要2秒钟，而且不一定准确。载具的优良性能得益于最新的光脑技术。真实的狙击手和游戏里面那些狙击手并不一样，现实中我们只有一次出手的机会。

他正在人群中缓慢地前进，这并不是最好的狙击时机，而且距离也太远了。

人群中不时发出尖锐的口哨声，他们争先恐后地和他握手。我听得到人们的呼喊声，他的名字仿佛单曲循环："吴克元！吴克元！"我想，他们说不定每个人都愿意为吴克元挡下这颗子弹。因为在他们心中，他是反智英雄。

我的手松开了一丝，完美无缺的狙击状态露出了一丝破绽。杀死他究竟对吗？

我想起第一次在电视上看到吴克元先生的时候，我才五岁。他对社会事件的调查报告深入而雄辩，一部40分钟的纪录片完整地揭露了某些大型股份公司中的裙带关系，并且在公开辩论中把某公共管理学专家说得哑口无言。

第二次看到他是在某个访谈节目。他代表中央电视台去采访锐驰创投的创始人，两个拥有极强商业眼光的文科生侃侃而谈，丝毫不拘泥于锐驰创投本身。那是我看过的最好看的访谈节目，没有之一。

我曾经想学习吴克元先生，成为一个新闻工作者，学会五国语言，和世界上顶尖的人才谈天说地。我努力了很久，读了很多书，但没有成功。不过在征兵检查中，我的身体素质得到了认可，因此入伍成了一名特种兵。

入伍的第一天，连队指导员老姜就对我说："要成为对国家有用的人！你们都该是英雄！"

三

等效风速：10.20km/h，狙击距离：5.3km，修正角度：2度10分08秒。

我们都能成为英雄，这是支撑我投笔从戎、继续练习的信念。狙击手的练习是很艰苦的，我们需要不吃、不喝、不动地埋伏，并且精神高度集中于固定的那几点，仅仅是为了得到一次射击的机会。

我每次射击完，手都会颤抖很久，浓郁的后怕仿佛有了实质一般。我总会思考如果没有射中该怎么办？我是否还有信心重新扣动扳机？我们被训练成机器一般，但永远成不了机器，我们没办法时刻冷血地按下扳机，没有勇气把几秒后的生死全部交给手中的枪械。

我曾经执行过很多任务，用子弹赐予丧心病狂的犯罪者以死亡。曾经我被誉为"机器神枪手"，直到射失了一次——我的子弹从1公里外，同时射穿了劫持犯和人质的头颅。这成为当年最大的争议事件。从那一刻开始，我不再是一个英雄，而是一个杀人犯。

我失手后自暴自弃，把自己关在房间里。有无数的记者前来采访我，他们带来了人质的家人和社会大众的谴责，还有良心的拷问。虽然国家不会公布我的名字，但无数的恶意在我的脑海中缠绕，死去的人质在我的梦境中不断浮现。

只有一个来访者与众不同，他来到我的房间，拍了下被子，轻轻地说："这是你第一次失手？"

我听出了他的声音，但没有回答。

他说："浅渡，你之前救了很多人，保护了人民的生命财产安全，我向你表示敬意。我就是一个只会磨嘴皮子的媒体人，昨天我去靶场试了一下射击，肩膀差点被后坐力卸了下来。你辛苦了！人并不是机器，不可能一直都成功。舆论给你压力很大，但你必须要振作，要做一个对国家有用的人！"他说完话就离开了。过了几天，我看到他在电视上为我辩论，他维护了我，也维护了他的正义。

后来，我有了重新握枪的勇气。

手引导着载具缓缓移动，枪口跟随着他的脚步。很长时间里，我都在追随着他的脚步。也许他不是英雄，但肯定是一个领袖，是我所敬仰的领袖。但他的错误需要有人纠正。

风吹向了我的眼睛，泪腺似乎被激活了。我任由眼泪滑落，依旧盯住瞄准镜。

四

等效风速：9.92km/h，狙击距离：5.1km，修正角度：1度16分52秒。

他在一步一步地迈向死亡。吴克元应该没有预料到，在法制健全的现代社会竟然会出现刺杀事件。

而且我也知道，不只有人在瞄准着他，说不定还有人正瞄准着我。我们狙击连队的指导员老姜来自某军区，是曾经和毒枭们在高山树林中对战的强人。他告诉我们，真正的战斗就像在一片黑暗的森林中狩猎，你可以靠特殊服装掩蔽自己，但只要一开枪就会被发现，不过，也千万不要以为不开枪就不会被发现。老姜说，只要你暴露了，后面发生什么都是可能的。

退伍后，我去了一家枪械运动员俱乐部当教练，在那里我接到了一条神秘的信息。我的真名从来没有出现在报道中过，即使用化名伪装也没有意义。那一刻我才明白，从射失那一枪开始，我就已经暴露了。无数的人在明处或者暗处观察着我，想着可以让我派上用处。

给我指令的人自称J，使用了变声器。他告诉我，我有一个绝佳的机会可以报效祖国。一开始，我以为他是在开玩笑。但他给了我证明，他在我的衣柜里面放了一套载具和一张神秘的通行卡。

那套智能载具应用国外最新的智能系统，可以自动测量风向，提供修正指数，帮助支撑枪械，甚至直接辅助瞄准。我穿戴载具射击的成绩比不使用时高得多。欣喜若狂的我再次盼来了J的电话，J说我可以去秘密基地试一下，那里有更多的型号。他对我说："你抱怨人不能像机器人一样精密，那我们就用智能设备辅助你。"

训练场上，我久违地打出了百发百中的命中率。我开始怀疑，即使一个没有经过太多训练的狙击手，在智能载具的辅助下也可能非常精准。我回想起射失的那一刻，如果那一刻我信心更足一点，手没有颤抖，也许结果会很不一样。人类总是犯错误，有太多太多的事情做不到，为什么不把事情交给能更精准完成任务的智能设备呢？

想到这里，我解开了射击锁，可以击发了！吴克元，一个伟大的人。但我为了国家，必须杀死你！

五

等效风速：10.02km/h，狙击距离：4.8km，修正角度：3度3分12秒。
他即将走上广场的中心，那里有一个高台，是最适合演讲的地方。

话筒和扩音设备早就就绪，吴克元先生的团队在那里等待着他。他们衣着整齐，佩戴着小红花，视线投射在吴克元来临的方向。团队里面大部分的人我都认识，我也曾经是他们的一分子。

吴克元的步伐越来越沉重，没有再和任何人握手。他看到了台上追随自己的团队成员。

他们自动在中间留出了一个空位，左右两边分别是焦正名和黄雅君。时至今日，关于他们的报道依旧很少。他们自愿为吴克元的反智能运动付出努力。

一时间，吴克元的目光苍老了很多。他的每一个举动都被放大在大屏幕上，所有人都看到他嘴唇动了一下，但没有出声。

肃穆的气氛开始席卷会场。他来到了高台的台阶前，上面是鲜红的红地毯，仿佛某种不祥的暗示。他回头看了一眼人群，仿佛在和什么告别。

他迈出了第一步！

网络播音员在现场直播中大喊："这就像运动，从无组织到有组织，第一步是最艰难的！让我们向伟大的反智能人士、斗争领袖吴克元先生致意！他以媒体人身份，毅然扛起了反对智能入侵的大旗！他是人类最后的良心！为阻止人们被智能统治，他到处奔走，把散落在各地的民意聚集在一起！虽然运动遇到了挫折，但他没有放弃，他没有放弃！此刻世界都在看着他，华夏民族不会在人工智能的脚下屈服！"

我没办法听清网络直播员的声音，事实上我曾经在更近的地方观察过他。我在J的授意下曾加入了他的团队，担任安全和侦察顾问。那时候，他非常地器重我，把很多事情交给我做。他了解我的能力，更清楚我对他的感激。但这让我更加了解反智能运动的荒唐。

是的，我的确十分感激他，也正是他的话激励了我，让我此刻能够坚定不移。

"要做一个对国家有用的人。"他的话还在我的耳边回响。

吴先生，你真的错了，你太过于重视维护人类的自主，却忘记了国家的利益。

我想起他犯下的种种错误，很是痛惜。他纠集起一群对人工智能根本毫无理解的无知群众，成为反智能的民间领袖。他不听劝告，倒行逆施，在领导运动时闹出了不少科学常识性的笑话。他曾经去一些学校演讲，被学生们用鞋子和书本打了出来。但他依旧固执，不愿意接受人工智能。为了反智能，他已经疯了！

我已经瞄准了他即将站着的位置，子弹将准确地穿透他的心脏。智能载具帮我支撑重量，我的手很稳，丝毫不抖。智能载具的控制器已经帮助我锁定了位置。我和它的合作亲密无间。如果我能早点用到它，也许那场悲剧就不会发生，也许我还是受人尊敬的狙击专家……

射击前的最后一分钟，和J的通信在我脑海中回响："他是反对人工智能的顽固分子，智能实际上对人类没有坏处，这是很明显的事情。如果我们国家再晚几年启动智能计划，会被其他国家拉开距离，到时候再追就难了。你的任务就是潜伏进他的团队，如果有必要，可采取措施。我听说你们似乎是朋友？"

我说："对，他对我有恩。"

"你接受不接受这个任务？"J的声音冷了下来。

我行了军礼："保证完成任务，国家利益高于一切！"

"好！"他对我很满意。

最后的通信非常急迫。J说："他必须要死，你准备好了吗？"

"时刻准备着！"

通信里面有些杂音，好像是钟摆的节拍声："25日下午，他会在集会上走到中央广场的高台上进行演讲。你只有一次机会，你要在中国之塔的顶层执行任务。那天不只有你一个人，会有人开枪掩护你，你可以放心逃走。只要成功了，你就是英雄。"

我停顿了几秒："我会完成任务。"

"完成你的任务以后，我们不会再有联系了，祝你任务成功，英雄。"

六

等效风速：10.01km/h，狙击距离：4.8km，修正角度：3度3分11秒。

最后一次确认，我按了一下"重新测算"的触点键，计算结果差不多。他已经登上了高台，就差最后走上那个位置。

我必须保证一枪毙命，不能给人们抢救他的机会。

手心开始出汗，我的头上也开始出汗。就差最后的信号，我在等待最后的信号。

吴克元先生站在演讲台上，他向四面八方招手，安静的广场再次开始沸腾。这次的演讲比以往的任何一次都要重要，但这是他最擅长的战场。他微微一笑，没有理由畏惧。

他深吸一口气，开始享受这一刻。

他伸手示意安静，然后鞠躬。这一躬他想多保持一会儿，也许是为了吊足胃口，让群众更加重视他说的话。

刚站起身的一瞬间，吴克元感觉从内而外焕发了新生，有种力量在胸中澎湃。然后他的身体毫无征兆地颤动了一下，继而笔直地倒了下去。狙击枪子弹造成的伤口比人们想象得要大得多。

整个广场安静了一秒钟，然后所有人都意识到发生了什么。团队成员们赶快退到后台规避，生怕丧心病狂的暗杀者再送来第二发子弹。保安们尽力挡住想要一看究竟的群众，医护人员不顾危险，把台子团团包围住，手忙脚乱。

某个大楼附近的群众沸腾了，他们有人听到楼上有枪响。愤怒的人们冲破大楼的安保，一层一层地搜索罪犯。军方的直升机紧张地在上空徘徊，负责人和政府紧急联络，询问下一步该如何应对。

激进的网络播音员在大喊："天呐！刚才发生了什么？这是暗杀，这是暗杀！导播，切回去看一下……哦……嗯……哇！天呐！天呐！天呐！这一定是阴谋！智能的爪牙们已经开始行动了，他们刺杀了伟大的媒体人和社会活动领袖吴克元先生！这是人类文明史上重大的倒退，我们都会记住这一刻。让我们团结起来，继承伟大的吴克元先生的遗志！反智能……"

"黑暗森林"被照亮了，我把枪械和工具全都丢在计划地点，换上便装，在身上喷洒气味剂来遮盖气味。暴怒的人们四处冲击，最终引来了军警。所有人在军警的指挥下撤离，我跟随其中，大骂着智能的爪牙不是东西。

在开枪的那一刻，我看到了远处的大楼上有一丝火光。最终还是有人掩护了我，代替了我承受罪责。他就是森林中的火焰。我在心中向那个方向敬礼："谢谢你，兄弟，你也是英雄。"

回到家中，我趴在马桶边呕吐了很久。

我究竟做对了吗？

七

有的人死，重于泰山。

这是前所未闻的大事件。暴怒的人群冲到大楼楼顶，发现开枪的竟然是一台自动机器人，它拿着枪，保持着开枪的姿势。

智能杀人了？坊间哗然，反智能的各路人士纷纷在网络、电视上发表宣讲，原本陷入低迷的反智能运动一下子得到了无数中立人士的支持。原本反智能集团的二号人物，在吴克元团队中担任总参谋的焦正名获得了很多的支持，俨然成了运动的头号人物。他频繁地出现在公众的视野中，呼吁对刺杀事件要进行严肃的调查处理，而且强调此事件是智能对人类具有威胁性的铁证。

于是，人们群情激愤，要求查清真相，惩治凶手。政府为了避免群众情绪激化，很快宣布成立调查组。只不过，在调查组的人选问题上，反智能和挺智能的两派争论了近一个星期。细心的民众这才发现，两派阵营比表面展现出来得更加庞大。

我很意外地收到了调查组的邀请以及吴克元先生葬礼的邀请帖。邀请帖是吴先生的妻子用手抄写的，那些死气沉沉的字体现出了她内心的悲伤。这是机器做不到的事情。

我也很矛盾，但国家的征召不得不去。至于吴先生的葬礼，我想见他最后一面。

　　枪械专家们确定子弹并非从机器人手中的道具枪发射出来的。他们根据尸检结果和现场记录，充分还原了事情的真相：刺杀者在距离广场中心水平距离4.78千米处的中国之塔顶层架起新式狙击枪，在极限射击距离4.8千米外射出一发罪恶的新式电磁驱动子弹，最终射穿受害者的头颅。调查人员发现了枪架的痕迹和软中华的烟灰，但并没有更多的线索。

　　另一支调查组调查了持枪机器人所在的大楼，发现事发当天有神秘人物把机器人伪装成吉祥物带入大楼，并在安装好后撤离。他所做的一切都是在摄像头下进行的。但那天情况特殊，大部分安保人员都在楼下维持秩序，留在监控室里面的两名保安因为太困而打了瞌睡。中国之塔的安保情况也很类似，大部分保安都被抽调去了其他地方，但自动录像缺失了一大段。

　　一部分挺智能的专家立刻出来表示，如果所有的安保系统都换成智能系统，减少人的使用，那么这场刺杀早就会被发现。当然这些专家很快被反智能网民扣以"砖家""走狗""反动学术权威"的名号，新一轮的骂战在网上兴起。

　　我的同组同事们各自立场不同，但都心急如焚。我倒是觉得很好笑，因为他们要找的人就在他们眼前。

八

　　京郊公墓，风速约2米/秒，距离约50米，修正角度约6分。

　　大约50米远处，停放着吴先生的冰棺。入殓师尽了最大的努力，但吴先生还是只能露出半张脸，另一半被白布遮盖。

收到邀请帖的大多都是吴先生的旧友，不少人都因为反智能的事情和他反目。

其中也包括了我。我曾经成功地进入了他的团队，但在数月之后愤然退出。他曾经是多么明智的一个人，为了查清真相可以去靶场试射，但为什么会不经思考就发出一篇道听途说、耸人听闻的博客？那篇博客被科学界广为批判，被誉为和"用重水浇灌黄金大米"一样的反智主义趣闻。我可以容忍偶像持有一种错误的观点，却不能容忍他对待科学的草率。

人死如灯灭，一切过往都如风云消散。我身着黑西装，戴着白花，和到场的每个人一样，对他充满敬意。他是一个不折不扣的领袖，是一个强大的斗士，也是一个伟大的人。但任何人都会犯错误。

为葬礼题词的是反智能的新进头号人物——焦正名。他时而低吟，时而激昂，时而温情回忆，时而义愤填膺。说到一大半，焦正名几乎泣不成声。到场嘉宾听到这里，感同身受，回忆起和吴先生的点点滴滴，纷纷流下了眼泪。

我惭愧地低下头，泪珠在眼眶里面打转。双手映射在模糊的视线下，仿佛沾满了鲜血。一切都是我做的。我杀死了最值得尊敬的人，他和我亦师亦友。

"魂兮！尚飨！"焦正名说完最后一句，趴伏在台前，哭得稀里哗啦。我第一次听到一个大男人如此哀号。

那一瞬间，我意识到我可能错了，暗杀不仅没让反智能运动平息，反而让更多台后的人站到了台前。

但首先，我犯下了无可饶恕的罪过。我仿佛回到了射失的那一次，手指肌肉开始无规则的痉挛……我是一个杀人犯。

人群开始移动，大家排队上香，然后和逝者的妻子李萍女士简短交谈。李萍一直在社科院工作，是一个外柔内刚的女性。悲伤并没有写在她的脸上，但谁都能感觉得到那种心死的寂寥感。

我走上前，全身发抖，看上去就像悲伤之情流露。我上完香，深深地鞠躬，眼泪从脸颊滑落。

我很想大声说："对不起。"我的手依旧在发抖。我不知道该如何开口去安慰这个老年丧偶的女士。杀人犯安慰受害人家属很奇怪，不是吗？

我膝盖一软，跪了下去，额头触地："我……我太感谢他了！"我哽咽了。

李萍女士记得我："李先生，请节制哀伤。他走得太突然，谁都没有心理准备……"

我站起来，但抬不起头，我是今天第一个让主人安慰的吊唁客。太讽刺了，我还是酿成悲剧的凶手。

她抹了抹眼泪："李先生，老吴走得快，他有些东西还没有来得及交给您。我就代替他转交给您。请您务必在仪式结束后留下。"

我没有拒绝的理由。我擦拭眼泪，尽量不让自己有和她对视的机会："有劳您了。吴先生是我今生最尊敬的人。"我再次鞠了一躬。

九

这并非我第一次来访。

李萍是一个有修养的人，对待任何客人都保持足够的礼节。多年之前，我第一次以客人的身份拜访，她并没有因为我的特殊身份而产生歧视。她记下了我的喜好，甚至连装饰摆放都经过细心的考虑，每次拜访都给了我无微不至的招待。

我觉得这样的女人才配得上吴克元先生。

李萍打开大门："不好意思，让您久等了。"

我点了点头，走进大门，换上拖鞋："没事。对不起，我必须得录音。您家现在处于一个很敏感的位置，调查组原则上不允许有人和您私下交流。"

李萍是个通情达理的女人，她的眼神很明亮："没关系，我也想早日知道真相。请跟随我来。"

我跟在她后面，穿越客厅，来到书房。李萍在书柜中认真翻找了一会儿，终于拿出两本书。

那两本书被放在我的面前，但都不是我的。其中一本是相册，全部都是吴先生调查我失手事件时的照片，而另一本是装帧精美的笔记本。她特意把相册翻开到某一页，里面夹着一张ID卡。我认得那张卡片，那是团队核心办公处的门禁卡。

我刚想说话，李萍目光闪烁，伸手做了一个噤声的手势。她拿出一款已经停产很多年的老式苹果手机，点触屏幕，我看到有些字在闪动。

她说："老吴和您也有快六年的交情，反智能运动的时候您也参加过他的团队，很感谢您一直以来对他的帮助。"

屏幕上的字却是另外一段话：这些东西我只放心给您，老吴和我说过，您是一个富有荣誉感且正直的人。这些东西应该交给合适的人，在最合适的时机公布。

我理解了她的意思，她是如此聪明谨慎的人。有些事情她只希望我知道。我边回答边看着手机屏幕："很感谢你们的照顾，你们真的很信任我。为什么呢？"

李萍嗯了一声："让我想想。"

她的手飞快地在触屏上滑动：你看了笔记就会知道。事情的真相比你想象得更复杂。

她又开口了："因为老吴说，他和您的感觉就像忘年交，怎么说呢，就像看到了年轻时候的自己。年轻人都会犯错误，老吴那时候就是想拉你一把。"

我尽力平静："哪里像？他比我伟大得太多了。"

屏幕上出现了下一段话：智能必然普及，就像当年的转基因作物一样，但人们害怕去接受改变。反智能的人各有目的，就像老吴一样。他的团队成员各怀鬼胎，我没办法信任他们。调查组里更是鱼龙混杂，与其说调查追求的是真相，不如说是各方在寻求政治妥协。

李萍继续说："都像。他是公众人物，总有很多的责任要背负。您是一名狙击手，每次出场都处在危机之中，按下扳机就能决定别人的生死。从某种角度上，你们都是顶天立地的男子汉。"

对，我确实决定了别人的生死。我害怕她继续夸我，于是只"嗯"了一下。

李萍的手指在触屏上舞蹈：调查组里面有四个人是我提名的，其中一个人就是你，还有一个是高级侦探，另外两个是吸引注意的诱饵。你是枪械专家，请你帮帮我！真的，我不指望报仇，但必须知道真相。这就是我唯一的请求。

我很郑重地点了点头。李萍的肩膀舒展开，她在得到正面答复之后轻松了不少。

她的目光停顿在吴克元与我的合影上，眼泪开始积聚。她别过头去，下了逐客令："带上它吧，对你挺有纪念价值。我家老吴走得急，也不等等我。我期待调查的结果。我有点累了，抱歉。"

我行礼告别，久久无言。李萍女士，您的愿望我会帮您实现的。起码，我知道谁是开枪的凶手。

十

那本日记只记载了一些和反智能运动相关的事情。纸面上的字仿佛活了过来，那些场景仿佛在我的脑海中浮现。

两年之前，吴克元先生受锐驰创投的创始人邀请，前往锐驰高科的研发产区参观。研发区坐落于北京北六环。

技术负责人接连展示了多种人工智能设备，其优越的特性仿佛梦幻一般。无人塔吊能够自动完成起吊工作，智能服务员能够全自动地完成点单、配菜、送菜甚至能依据客人脸色进行服务。不过最让人震惊的是智能交易员，给它一个10万元的配资期货账户，它能在短短地三个小时内赚到1万元，这是在和人类同台竞技。

吴克元大为震惊："真是令人惊喜！它和以前的智能有什么区别？"

负责人很有自信："区别就是，运算量大、感应装置多、功能集成密集。其实以前的技术也能做到，那些智能设备是终端，背后需要计算机支持。但这些产品不一样，它们应用了成熟的光脑技术，自己就能够即时运算和思考。"

吴克元依旧抱有怀疑:"能够思考?那对人类会有威胁吗?"

负责人笑了:"没有威胁。真正能够拥有独立意识的强人工智能还在纸上呢。这种智能产品的思考建立于大量的运算,计算事件概率、事件收益、事件影响,进行多方面的综合评估,最终得到一串数字,判断做什么事情会得到最多的好处,然后它就会执行。它的分析自主完成,数据来源于传感器和大数据库。怎么说呢?吴先生,它只能是某一个方面的专家,而且依赖历史数据。成本方面,比10年前低太多了。由于材料技术的发展,成本下降了90%。"

吴克元深表同意:"但就算这样,它的应用也要费些波折,因为百姓来不及接受变化。从最早的工业革命,机器生产代替手工,到后来的转基因作物普及,不接受变化的人很多。何况,你们的智能设备涉及的利益太广了,很多人会因此丢掉饭碗。"

负责人无奈地叹了口气:"是啊,所以事情才麻烦。美国在1年前就已经立法,使用类似的人工智能是合法的。2年前,英国和法国组成技术联盟,开始推进人工智能普及计划。德国和日本我就不说了,他们现在的普及程度就已经不错了。还有以色列、澳大利亚甚至印度,相关的计划不断地被推上日程。但我们国家,除了那些社论,一直不温不火,甚至不断有诋毁人工智能的假信息在民间流传。"

"那真是太遗憾了。"

负责人继续说:"我从来不担心我的劳动成果会白费。这些年来,赚的钱也够我花了。但国家间的竞争,一步都不能慢啊。"

对啊,国家间的竞争,一步都不能慢。吴克元回想起从落后于世界开始,中华民族遭受的屈辱历史,一百多年奋起直追的追赶史……历史是惊人的类似，一场新的革命正在酝酿，而中国的起步再次落后了。

回到家中，吴克元久久不能平静，他把事情告诉了在社科院工作的妻子。

李萍听罢也很是忧虑："不好办。人工智能触及太多人的利益，肯定会被冠冕堂皇的理由反驳，比如人工智能毁灭人类后代之类的。就像当年的反转基因言论，不少百姓都认为吃转基因食品会断子绝孙。"

他闻言愣了几秒钟，突然醒悟过来："你刚才说转基因？"

李萍很疑惑："对啊！那时候有人反转基因，科学家们支持转基因，双方交锋了无数次，最后大部分人都接受了转基因。"

他兴奋得拍了拍脑袋："你说我怎么没想到呢！有些事情正着做不见得比反着做效果好！你还记得我们以前的讨论吗？我说那些反转基因的人更像一个'面壁者'，他们用自己的影响力挑起了转基因大辩论，提高了关注度。道理只会越辩越明白！他是一名'反智英雄'！同样的事情，我也能做！我已经快六十了，不能给国家带来更多的好处了。"

我把头深深地埋进笔记本，上面的信息太让人震惊了。原来我一直都错了。最后一丝侥幸被打破，我真的杀错人了，刺杀完完全全成了一个笑话。我做了一件卑劣的事情，并不是英雄。

我花了一天一夜躲在家里翻阅日记，到后来只记得最后一段话：从决定接手这件事情起，我就做好了这一天的准备。当所有的道理都被说明白，还有人会冥顽不化。到那时候，我这个领袖会成为他们最后的救命稻草。没错，那就是我谢幕的时候，而且恐怕不会有人理解我的苦心：把运动限制在理性的范围内，让更多的人去思考。他们会认为我是个叛徒吧？但是，这一天终于要来了，知道我决心的只有两个人，感谢他们的陪伴。我会亲口承认整个反智能运动的失败，告诉他们：我们已经输了。大部分人会很愤怒，但他们会学会接受现实。祝我好运。

我发出歇斯底里的狂笑，把被子扯碎，里面的棉花散落得到处都是。我如同一只野兽，把一切能砸掉的东西砸碎。我的妻子朝我怒吼，而我有史以来第一次吼了回去。她一生气，收拾衣服就出门了。在走之前，妻子对我说："你从来不关心我的事情，你究竟爱谁？"

对的，这就是我，如同丧家之犬。我对着自己的家，又是一顿发泄。

但为何这么简单的骗局我都没有发现？我深深地责问自己。一个念头从我内心深处响起："因为你爱他啊！"我痛苦地捂住了脸。

十一

因为我爱他啊。人们经常会忽略，爱其实和恨一样，也可能成为极端的感情。它一样能摧毁人的判断力。

一夜难眠，朦胧中我突然意识到一个问题：吴克元先生说有两个人知道他的实际意图，究竟是哪两个人呢？

当然，吴克元先生的妻子李萍肯定是知道他的打算，这意味着还有一个人。吴先生是一个严谨的人，他使用"他们"这个词语说明，那两个人里面至少有一个男性。

我回忆起自己在他团队中时的经历，吴克元先生最信任的人就是总参谋焦正名。哦！对了，就应该是焦正名，要不然就不是他在葬礼上致辞了。

可是，李萍为什么没有把日记给焦正名，而是给了看似和吴克元先生没有多大关系的我呢？

有无数的推测来解释这个问题，但只有一个浮现在我的脑海：她根本不相信焦正名！还有这场刺杀，真的很奇怪！明明挺智能派已经胜券在握，为什么要冒险刺杀反智能派的领袖？这根本没有必要。

我回忆起最后的紧急通信，J说："他必须要死，你准备好了吗？"他是那么急迫，急着置吴克元于死地，而且他除了我之外没有更好的选择。我和网络上某些阴谋论者得出了近似的结论，其实谋划刺杀吴克元先生的并非挺智能派的人，而是吴克元自己或者反智能派的重要人物。

"J？焦？"我一个激灵。焦正名似乎正好有符合幕后凶手的动机。他能够提前知道吴克元的打算，能知道活动的细节，能从吴克元先生的死中直接获利。

他能够成为吴克元先生相信的人，肯定不是一般的人物。我虽然不才，但在狙击方面也是国内数一数二的高手，能和吴先生有私交尚属荣幸。而他究竟是什么背景，拥有多大的能量，抱有怎样的目的？

一切就像浓重的疑云。我可以去坦承罪行，但必须先亲手找出真相。

究竟是谁要杀反智英雄？

十二

我请假在家休息，我整天翻阅那本笔记，寻找一丝一缕的线索。睡梦

之中，好多事情仿佛连在了一起。

焦正名把我的简历从千百人之中选出，送到吴克元面前："这个人很适合进核心团队。"

吴克元浏览了一遍："哦，我认识。"他旋即面露难色。

焦正名说道："就是因为认识才好，人品放心，我们需要一些意志坚定的人。"

吴克元把老花镜拿了下来，沉默良久。他最近承受了太大的压力，用力揉了揉眼睛："但他太年轻了，充满了荣誉感，我怕毁了他。算了……让他试试。"

然后，我加入了吴克元的团队。但某一天，他发布的博客文章里错误百出，甚至把通过图灵测试和拥有自我意识混为一谈。

生气的我和他狠狠吵了一架，觉得他变得不可理喻的我愤而离开。而焦正名却做了另外一件事情。他以吴克元先生的名义给各大媒体发了一份声明，那份声明被广泛转载，一定程度上降低了吴克元先生的名誉损失。

但吴克元在日记中并不领情："太不可理喻，老焦怎么能瞒着我？澄清声明根本没有必要发，别人爱怎么骂我就怎么骂。曾经一度，我差点自以为是个坚定的反智能的人了。很多问题辩论到一半，竟成了义气之争。我想到了一部叫《无间道》的老电影，现在是否有很多人和我一样，分不清自己是兵还是贼呢？"

在决定亲口承认反智能运动失败之后，他特意和焦正名交流了一番。他记载道："每次到老焦的书房，最先听到的是钟摆声。老焦爱好收藏摆钟，每天都会为摆钟校时。我想起小学时他就天天给教室后面的钟校时，真是一个一丝不苟的家伙。我把话都说开了，他也准备支持我的决定。有些事情，让我亲自去画上句号。谢谢你，老焦。"

然后，钟摆声一直在我的梦境中回荡，仿佛魔咒一般。

我回想起和J的通信记录里的钟摆声，而这个巧合并不好笑。焦正名，我想J就是你了。你究竟为了什么？

十三

我把日记拍下来，洗成照片，然后打包成包裹。为了掩饰，我又写了一些信给我值得信赖的朋友。我把日记复印了几十份，将重要内容夹在一些包裹里面。即使我遭遇意外，我的朋友也能把他们公之于众。

最后，我找到焦先生家的地址，以送给J的名义寄了一份包裹。

过了几天，我收到了一封回信，第一页信纸画了一根权杖和一个银币，然后打了一个问号，第二页上则画了一个绞刑架。我想这是一种象征，是和他妥协得到钱和权力，还是选择被曝光杀手身份，接受审判。我的血液开始沸腾。对于我，没有其他的选择。我必须接受审判，毫无妥协。

但J是不会放过我的。他能轻易弄到新式狙击枪，能使用训练场地，还能弄到外国的智能载具。而且，我以前曾经参加过反智能运动，如果我死了更可以说明挺智能派的残酷。J希望反智能派的活动能够继续下去。

我时隔多日再次回到了俱乐部。这次我不再教导别人，而是拿起手枪练习，努力克服恶心感，强行让手不颤抖。杀死吴克元之后，我对枪械的厌恶已经深入骨髓。我不想，真的不想再碰它们。

连续射击了七八轮，我忍不住恶心，去厕所呕吐。

这时候，我接到了通信请求。我知道肯定是J。

"本来我们已经没有瓜葛了。"J如此说着。我再次听到了钟摆声。

我环视四周，并没有人监视，然后说："J，或者说焦正名？"

J坚决地否认了："不，焦正名是反智能派的领袖。如你所知，除掉吴克元并没有对反智能产生决定性的打击。"

我仿佛听到了天大的笑话："不好意思。即便你再如何否认，都改变不了事实。你不敢承认，因为害怕我录音吧？"

J沉默了几秒钟："我只想问，你是否考虑好了。银币、权杖还有绞刑架，请你选择一个。你需要慎重考虑一下，我可以给你三分钟……"

"不用了，我必须纠正你的错误。J，我觉得你并不在意反智能还是挺智能，你只是想浑水摸鱼，趁机得到你想要的东西吧？你的背后有国内外的多种势力吧？如果我想得没错，现在就有一把枪正在瞄准我的胸膛吧？"我早就有一种被盯上的感觉，毛骨悚然。

J就说了一句话："祝你好运。"

果然，枪声响了。大口径的冲锋枪子弹倾泻在墙壁上，只要被其中一发打中我就会失去战斗能力。我一个翻滚滚出去，沿着墙角往外面逃。所有的监控设备全部都耷拉着脑袋，它们都被某种方式给控制了，没人能从监视屏上注意到这里的异常。

我一直在转弯。如果攻击我的是履带驱动的自动智能机械，它的转向不会很灵活。

智能本身并不能为患，最终危害人类的还是人类本身。我身上只有一把手枪，半盒弹药。托J的福，我可以成功地把手枪带出俱乐部而不触发警报，前提是不被追击者杀死。

我从转角的镜片中看到了追击者。它长得很像一个遥控玩具，只不过架着一把很正宗的大口径冲锋枪。它的表面采用了近似坦克的设计，斜面的软甲能够弹开大部分直射子弹。而传感器被复合材料保护着，我并没有机会击中它的"眼睛"。

只能逃了！我咬紧牙关，撞向防护玻璃，开始人生中最艰险的逃亡。

十四

多日之后，北京的天空依然晴朗。

焦正名先生参加了政协会议，他提出了好几条提案，并参与了讨论。在反智能的问题上，工商业的翘楚们纷纷发表看法，一时间持相反意见的双方不相上下。大会结果倾向在部分领域开放智能技术的应用，而且为了预防恶性竞争的出现，建议开展智能技术活动的仅限于几家控制力雄厚的大型公司，并制定了一系列限制措施。

焦正名收到了多家民主党派的拉拢邀请，但他没有答应任何一家，而是把邀请函全都扔进了垃圾桶。现在他名满天下，并不需要加入任何一个党派来提高他的声望。

他先回到反智能大本营，那里晚上将举办一场欢庆会，欢庆反智能运动的重大胜利。

他刷卡进入核心办公区，然后回到办公室。那里原本属于吴克元先生，不过他已经以一个领袖的身份死去了。

焦正名急着把好消息通报给他在国内外的朋友们。那些朋友经营的大公司可能凭借焦正名的运作获得巨大的利益。而他也将平步青云，成为政商两界炙手可热的人物。

一切如此的轻松。

"滴"，门被打开，摆钟的声音一切如常。他熟练地把外套挂在衣架上，然后坐到电脑桌前。

"等效风速0，距离0.5米，估计修正角度0。"我的声音在他耳后响起，我把手枪顶到他的后背，"真不好意思，我们又见面了。"

"不要开枪，你想要什么？"

他毫不犹豫地举起了双手，就像遇到警察投降时一般。

"我想知道真相。"我的枪顶在了他的后脑勺上，另外一只手确认了他身上并没有枪支。

他摇了摇头："真相？哈哈哈，吴克元先生是真的英雄，而我不是。他想以反智能的方式科普智能。笑话！只有他会那么想，没有利益谁会搞这些。你杀了我，我也有英雄之名。你不是很希望当英雄吗？"

我叹了口气："我哪还敢觍着脸去奢求名利？J，我答应李萍找出真相。你也想不到我会有门禁卡吧？反智能的中心，怎么可能应用智能安保呢？你太大意了。"

J哈哈大笑："竖子坏我大事矣！你可以杀死我，但你会全盘皆输。笔记本原件和复印件都被我销毁了。你不过是个肮脏的杀手！"

我按下了扳机，子弹穿透了他的后脑勺，终结了他罪恶的生命。我的手并没有颤抖，因为一切都结束了。我现在需要做的就是去自首，接受审判。

十五

"李浅渡先生，有位您的朋友请求探视。"狱警对我还是比较客气的。一成不变的审讯生活有了变数，这是第一个来探望我的人，就连我的妻子都还没出现。

我默默地让狱警为我带上镣铐，然后走出堪称豪华的牢房。从牢房到达探视间需要经过一个花园。外面的阳光很亮，这不是我这种阴暗的刺客可以承受的。我用手捂住了眼睛，但依旧被光亮刺得流出了眼泪。

我看到了她，她穿着一身素白色的衣服，对我招了招手；依稀看得出年轻时的韵味。而我害怕看到她，她此刻比外面的太阳还厉害。当自首之后，我已经没有了那层遮羞布。她知道我是凶手。

"浅渡，谢谢你。"

我骇然："为什么？我明明杀死了他！"

李萍女士伸手放在玻璃上，仿佛在抚摸我的头："对，我可以憎恨你，但憎恨改变不了什么。你是一个高尚的人，选择接受法律的惩罚，你的后半辈子会伴随着懊悔，在牢狱中度过。但，你毕竟为国家做了一件好事情。"

"对不起，笔记本我没有保护好，它已经被销毁了。吴先生是一名反智英雄，可我没有办法去证明他的崇高用心。我想，您给我那本笔记，实际上是希望我保护好它，让世人知道吴先生的事迹。对不起，真的对不起。"眼泪夺眶而出，浸湿狱服的袖口。

她安静地等我平静下来，盯着我的眼睛。那一刻，我似乎从她的眼睛里捕捉到了一丝狡黠。她从包里拿出来一本笔记本，放在我面前。

我隔着玻璃，喘着粗气，奋力地擦拭玻璃，试图看清那本笔记本。那本笔记本和我的笔记本一模一样。

李萍慢慢地翻了几页，里面是我最熟悉的字迹，答案不言而喻："其实，老吴亲笔写的笔记本有两本。他一直是个谨慎的人，从来都会有两手准备。我给你笔记本，是为了引开别人的注意力。不用太愧疚，你已经为他报了仇。"

我目瞪口呆，一句话都说不出来。心中的愧疚感仿佛一下子被冲淡了很多，而被利用的愤怒感却丝毫没有。

她临走前告诉我："老吴知道的，从'黑暗森林'走出时，他就准备好迎接死亡了。现在我要去让更多人知道他的良苦用心，接下来是我的战争，再见！"她收起了笔记本，缓缓地离开了探视间。

尾声

"今天，市委书记周强国等一行人前往吴克元先生的坟墓进行了祭拜，并对吴先生的业绩进行了表彰。"他不愧媒体人的良心，为了我国的科普事业奉献出了生命。"周强国书记说道，"一个吴克元倒下了，千千万万的吴克元会站起来。"民间代表、智能产业企业家协会会长罗思强，为吴先生献上了写有'反智英雄'的锦旗。"新任女主播在新闻联播里面播报道。

此刻，智能技术开始全面应用于中国社会，主播旁边就有一个智能机器人，同时不断地把主播的话语翻译成手语和少数民族语言字幕。

主播继续播报："另外关于退役特种狙击手李浅渡先生涉嫌杀害吴克元和焦正名一案尚在调查中，重案组仍对媒体保持沉默。公安部特别发言人孙刘尔斯对媒体表示，尚有少数疑点仍在查证，将在查清后召开新闻发布会，公布相关事项。"

我觉得被监禁审问的生活也不是那么难过。他们允许我看电视，给我每天20分钟的散步时间。最重要的是，我很平静。我是一个罪孽深重的人，会得到法律的惩罚，但也得到了受害者家人的原谅。

更让我开心的是，焦正名身败名裂，而吴克元近乎成了全民崇拜的偶像。仔细回想整个事件，我不由得感慨吴克元夫妇的厉害。其实我和焦正名都被他们算到了。

李萍把仅存的那本笔记公之于众，打了一场繁复的公关战役。诸多的细节随后被某著名侦探披露。焦正名的本性暴露无遗，引起骂声一片。而吴克元如同生前所愿，被称赞为反智英雄。

野蛮和暴力并不能推动历史，最终胜利依旧归于理性。我听说我的故事被复旦历史系某教授写入了《21世纪刺客列传》，以一个争议英雄的身份定评。我那潜藏多年的梦想得到了满足。夫复何求？夫复何求！

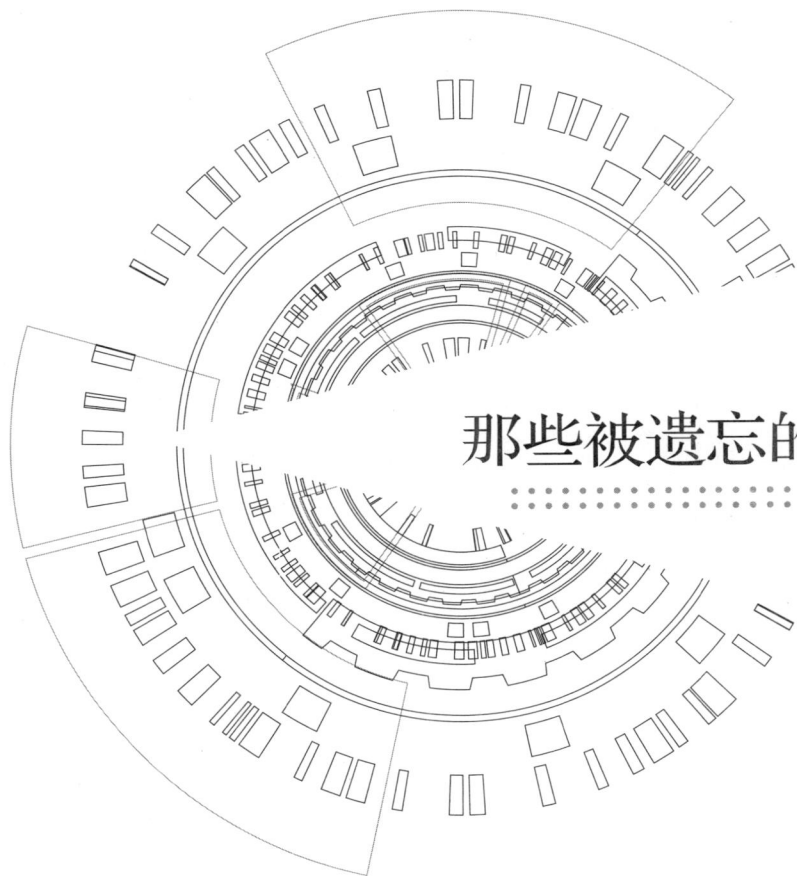

那些被遗忘的

"阁下，这颗行星上一无所有。"副官的声音冰冷生硬，甚至带有些许不满。

　　他的舰队在逃亡，追兵很可能就在下一刻到达。当舰队进入太阳系时，他一边希望这个星系无人设防，一边又害怕无人布防。

　　结果他没遇到任何抵抗就进驻了太阳系，但也没得到所需要的。他没有时间可以浪费，从现在的结果看来，这无疑是一个错误的决定。

　　他死也没想到，人类的始祖星——地球竟然会是一颗无人星。他本以为这里会有大到无边无际的重工业区，会有高耸入云的建筑，当然也会有很多存货。无论是花钱还是明抢，对鼎鼎大名的他来说并没有什么区别。

　　"我们该怎么办？"副官继续说道。

　　"你问我，我问谁去！"刚说出口，他就意识到失态了。舰队刚刚溃败，他不能表现出不知所措。

　　旋即，他下达了命令："全面扫描，我不相信始祖星上什么都没有。"

　　这里肯定有什么东西存在着，人类怎么可能放任一颗宜居星球被浪费，更何况这颗星球还是始祖星。

　　星舰降到了近地轨道。这颗星球上充满了绿色，大片的草原和树丛覆盖了大陆，完全没有人类世界"钢铁森林"的秩序感。这里以前人类活动的痕迹被时间彻底抹去了。现在的地球像是一个未经开垦的原初星球。

他看到图册里存在许多自己似曾相识的动物，虽然科技官念念有词：并非长得相像就是同一品种，现如今地球的许多动物都是我们前所未见的。

科技官的插话让他烦躁，什么时候就连小小的科技官都能站出来忤逆他了。仿佛为了发泄心中的不满，他按下了开火键，几只形似牛的生物被一颗动能弹打成了肉浆。刹不住车的动能弹在地上留下了"陨石"坑。

他举起酒杯："地面上到处都是食物，休整一天。"

大部分士兵给予了他热烈的回应，他们厌倦了无聊的航行生活，正想着找个地方放假呢！这里虽然没有酒吧，也没有惹火的女人，但植物所占的面积比共和国公园还要大，无数的飞禽走兽让他们能体会到了只有贵族才能有的狩猎生活。

而且关于始祖星的传言也在士兵中间不胫而走。某种固有的、对始祖星的盲目崇拜在士兵中蔓延。

而他，只能打开星图，试图寻找附近有没有防备不足且容易偷袭的星系。他必须要在士兵们回来前想出完美的方案，要不然最后的这支力量也会因为不满而分崩离析。

到了下午，副官突然闯进指挥室，把累得睡着的他吓了一跳："有新发现！地下有东西！"

他疑惑道："为什么一开始没发现？"

副官解释说："因为它在海底下。这里的海沟深达两万米，结构复杂。如果从太空查看，探测波散射损耗非常严重。"

"好，带上卫队，我要去看看。我们现在需要燃料、金属、武器、食物、兵员以及一切可以用的东西。"他诅咒这场该死的战争，可又无法逃脱。

无论天涯海角，敌人都会追过来。但无论到了哪里，他仍旧会组织起抵抗力量。自从失去了儿子之后，他和帝国就已没有任何和解的可能性了。

不对，准确说是失去了第二个孩子。第一个孩子天生残疾，他按照生存法则亲自处理掉了，没有丝毫后悔。

他期待这个被遗忘的世界能给他提供帮助，像过去的那些起落中获得的一样。

海水，腥咸的味道让他备感新鲜。舰队长去过无数的星球，但还是第一次尝到真正的海水。虽然并不是淡水，但它的味道比很多星球的水源好多了。

很多水生生物因为好奇聚集了过来，一些鸟类也在他的周围盘旋，仿佛在迎接归来的游子。

系统测算出在水下1万米，有一个巨大的人造物。而且它并不是单独一块，还和大陆地壳里的空洞相连。这意味着，它拥有很大的体量，完全足够人类居住。

更重要的是，它的存在说明这颗行星可能拥有工业，因为潜到深水的难度并不比飞上太空低。他的舰队没有专业的下潜装备，只能让一艘护卫舰临时客串潜艇。

下潜。

大海的感觉让他很熟悉。这里就是另一种太空。一开始还有五彩斑斓的生物，但很快光线被吞噬了，无边的黑暗包裹住了他们。

在这种环境下，任何生物想碰到另外一种生物都是很不容易的。冰冷的太空也是一样，很多星舰来来回回，却几乎永生撞不到，也不会有互相做客的机会。

深度1478米，仪器扫描到了疑似人造物。他用机械臂抓住了那东西，看上去像一个黑匣子。科技官会喜欢这东西的，他也好奇从这些被遗忘的东西中能发掘出什么。

深度10032米，护卫舰接触到了那个人造物。但除此以外，他发现了更多有趣的东西。

撇开巨型人造物不谈，这里似乎是某个广场。那些参差不齐的巨石并没有引起扫描人员的注意。但看到单位图像之后，他认为那些也是人造物。

他下令登陆队员打开灯光。当看到那些巨石的真容时，他还是震惊到了。高达几十米的巨型雕像，其中一座像是一个人举起了火把，还有一座像是一个人在招手，也有一些看起来好像就是人在单纯地站着。

被遗忘在这里的雕像价值连城！如果他能够把这些雕像完整带走，肯定会有收藏家愿意购买，甚至不惜违背帝国的命令与他进行交易。

他狠狠地咽下一口唾沫，打算过一会儿让旗舰潜下来，只有旗舰才有多余的空间和足够的安全保障让他们把雕像带走。

"长官，我们找到了入口。"登陆队员很兴奋，"我们利用电磁反应，检测到了电力，它仍在工作。"

他满意地笑了笑，点头示意继续。

他们成功地侵入了人造物。它的入口类似取水口。

他们顺着水流前进，然后被水压拍在了某种膜上。只能说原初人类还是很聪明的，懂得利用高水压造成的压力水头进行滤膜过滤。

他们用武器破坏了数道过滤膜，然后顺着水流一路前进。经过几个拐弯之后，漫长的漂流终于到了尽头。他们看到了明亮的光线以及巨大的水车，水流在这里被逐级上提。所有机械都在自动地工作着。

这里还有空气，他不用戴着头盔了。

"长官，大部分设备有维护痕迹，这里有人。"

他也是这么觉得，下令："作战准备。"所有人都拿好武器，随时准备进行一场恶战。

就在这时，一个圆形球体飘了过来，用奇怪的语言问道："你们是谁？为什么闯入淡化厂？"

"那是什么语言？"他没有听懂，果然交流有障碍。系统告诉他对于陌生语言的翻译仍在匹配数据库。

那圆球滚动到每一个人面前，给每个人都做了面部特写。它再一次发出了声音："根据太阳协定，地球上的所有东西都属于原初人类，是神圣不可侵犯的。"

数据库终于有了反应，因为"太阳协定"这个词的发音和某些语言相当接近。

他也明白了那个专属名词，于是回答道："签署太阳协定的菲德尔星盟以及哈乐姆共和国都已经灭亡了！"

圆球兴奋地滚来滚去，它也找到了这些闯入者所用语言与自身语言的共同点："菲德尔星盟、哈乐姆共和国、坎巴拉太空阵线还有克罗德联邦，这些都是历史书上的！"

更多的单词被匹配成功后，数据库调出了太阳协定的文字内容。他伸出手，露出连接端口，圆球在犹豫一阵之后完成了连接。

依靠着太阳协定长达1000页的文字内容，他终于能理解这个被遗忘的世界所使用的语言。

那种语言不同于任何一种被记录在案的语言，但明显有原初人类语言的影子。

"带我去见你们的长官，我是伟大的拉尔克共和国的舰队将军，统领共和国的舰队来到这里。"

圆球疑惑道："长官？这个词的含义有些新鲜。这里没有任何统治者。"

他皱起了眉头，没想到会在小地方遇到问题："换个说法，元首，或者名义上的首领、国王、主席、总统，什么都行。"

圆球沉默了一会儿："嗯，我理解了您的意思，但这里确实没有您所说的那些职位。"

他点了点头："你果然是一个人类，破坏了淡化厂实在是很抱歉。"

"没事，我们有自动修理的机器人。"

圆球滚动着，它的表面时不时地显示出各种箭头来指示方向。

看着各类机械，他很满意，甚至充满了亲切感。他有理由相信这个世界能帮助他。帝国的那帮混蛋死也不会想到，他会在一个被遗忘的世界得到帮助。

当然，他也不会忘了回报这个世界。等到胜利的那一天，他会为这里的人民提供最好的商业政策，提供最多的补贴和援助，让这里的人民享受荣耀。

圆球告诉他们，它的本体就在那道门的后面。打开门的一瞬间，他几乎吓呆了，手下的士兵差点用了武器，幸好他的理智让他阻止了手下开火。即便在宇宙中，客人袭击主人都是极不道德的。

他想起了第一个孩子，那孩子连活一分钟的权利都没有。

女孩不明白为什么原本轻松的气氛突然变得紧张起来。眼前的这群人和她很不一样。他们都站立着，拥有强健的肌群，拿着某种不知名但是绝对危险的武器。

她觉得对这群破坏滤膜的不速之客已经够好了。难道是因为自己没到门口迎接，显得太倨傲？

想到这里，她让轮椅载她走到门口，她的双腿从来就没能走过路。

"欢迎光临！"她尽力让语气欢快。

"嗯！女士，您是否遭遇过很严重的事故？"

"没有。您想说什么？"她隐约感觉到哪里不对。

"如果您生来就这样，那只能说您的父母非常爱您。"他边说边打量她，"如果是在宇宙中或者其他星球。父母会抛弃不够强壮的孩子，而残疾近乎诅咒。"

原来他们在意这个。她很不开心。确实她没有能行走的双腿，也没有实际的视力。但在智能机械的帮助下，她的生活完全没有问题，这里的所有人都和她一样。为什么残疾就会成为诅咒呢？

机械臂端上糖水，甜味入口，让她心情好了不少："先生，这里是地球，不是宇宙。按照太阳协定……"

"我已经说过了，太阳协定的主要签约方灭亡了，它现在毫无效力。没有人来告诉你们吗？可怜的孩子。"

"没有，但从来没有人不遵守太阳协定，你们是第一批闯入者。现在宇宙的通行法是什么？"

"是曾经的西玛共和国颁布的法规，又名《生存法规》，是在残酷的生存环境中发展出来的。"他带着优越感。

"好吧。"她不想知道《生存法规》说了些什么，"生存"这个字眼太沉重，"你们想要什么？"

舰队长终于等到了这个问题："你们肯定有工业。我们需要食物、原料、能源、武器以及能生产星舰的重工厂。我们可以支付费用，但你们必须帮助生产。"

"不，我们没有重工业。我们从来没生产过宇宙飞船。至于能源，我们依靠地热和太阳能，也没有武器。那玩意儿对环境不好。"

他看出来她不愿意合作，声音也刺耳起来："那你们的工业部门都在做什么？"

"如果需要什么，我会用机械臂去做。我们都是优秀的工匠和发明家。"她继续争论道，"另外我要拒绝你的'钱'，它是一个很古老的词汇。我们不会需要。"

"那你们生活在这里有什么意义？你们没办法看到美丽的星空，没办法建立伟大的工业，不能买到方便的各类工业制品，也没有军队为你们提供安全保护！"

她刚想发作，但考虑到与对方的文化不太一样，还是努力压抑着："我们存在的意义就是生活，不是生存。还有其他的东西值得我们去追求呢！"

军官在心里把这个被诸神诅咒的残疾女人"问候"了一千遍。他相信这个世界肯定会有支持他的人。

他只好转变了思路："带我去看看其他人，女士。请原谅我，毕竟我的国家处境很不妙，一个独裁者正在试图毁灭它。为了战争，我已经失去了自己的孩子！我需要聚集各种力量，一定要打赢他！"

他们在地下空间漫步，好像一般的观光客。

四周有巨大的壁画，看得出来并不只有一个人参与完成了画作，那壁画风格多样，毫无秩序感。一些岩石被人削成了奇怪的形状，似乎是某种装饰。

独特设计的新风系统让整个地下空间都有足够的空气流动。随处出现的各种机器人各不相同，不像是大工厂的产品。它们自动完成清洁工作，并为他们提供从没见过的小点心。

时不时地，他们会遇到其他的住民。住民们都有残疾，依靠着各式各样的连体机械。

住民的数量很少，舰队长有些明白为什么了，这是一个没有外缘基因输入的地方。但如果他们按照生存法则做事，本可以避免退化，他应该告诉他们！

但这些人都很开心，脸上带着恬静和从容，那种悠然绝对是大贵族才拥有的。他开始慷慨激昂地阐述支持共和国的主张，但没人感兴趣。

他们都说："战争毫无意义。至于你说的生存，我们宁可不要。"

这让他有些失落。他想，难怪这颗星球会被遗忘。保护始祖星的并非已经毫无效力的太阳协定，而是当地居民的不思进取，他们乐于龟缩在地下。

最初的兴奋劲儿过去了，他有些意兴阑珊。因为这里没有他需要的。他开始盘算是否要用武力强迫，或者干脆掳走那些雕像，然后彻底离开这个被遗忘的世界。

就在这时，那个女孩的声音在他耳边传来："前面是圣地，要看看吗？"

他点了点头，激发出最后一丝好奇心。

房门打开，看上去是一个暗室。

他迈出一步，脚下出现了亮光，向两边蔓延。鲜嫩的叶芽从地上钻出，飞快地长出了茎秆和绿叶，然后一朵朵花悄然绽放。温暖的光线充满了整个房间。

在远处，一个晶莹剔透的椭球状物体从地面升起，毛茸茸的绒布包裹着一个婴儿。

他一眼就看出那孩子是个残疾人，如果在其他星球中，他绝对活不过一天。

"小声点，他还在睡觉呢。这里很美吧？"残疾女孩的机械臂仿佛都变软了，她温柔地抱起孩子，看着他的脸，露出纯真的笑容。

他环顾四周，花朵、小草、摇篮、幼儿的玩具以及制作了一半的连体机械。他冷冰冰的心里突然涌进了一股热流。

"他很可爱，对吗？"

"所有的孩子都能进来吗？"

"对啊，所有的孩子都是神的恩惠。"

这里有某种被遗忘的东西，温暖得让他想哭。他不该打扰这里，这里本该继续被遗忘的。

而那些被遗忘的……

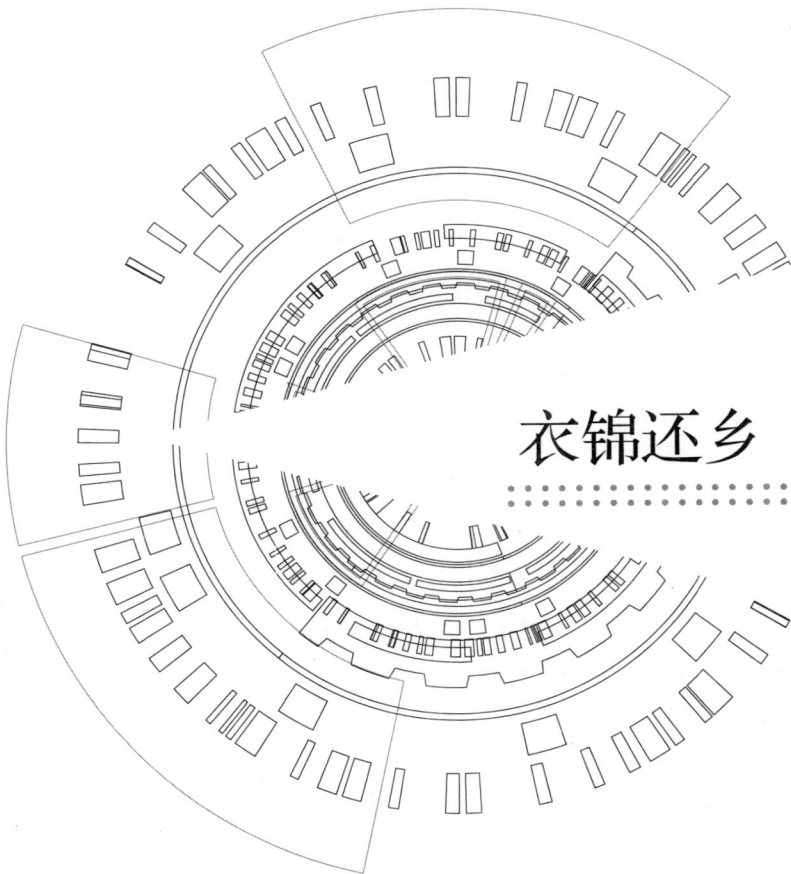

衣锦还乡

胖宽是我们几个发小对陈宽的称呼，虽然外面的人更喜欢叫他"胡宽"。

不太了解情况的外地人可能以为胡宽是跟着改嫁的母亲了，但本地打牌的人都知道，胡其实是来胡的胡。

胖宽喜欢打南通长牌，这不奇怪，我还有我的同事们也喜欢打。出差旅游，我们行李箱里面必备一副南通长牌，因为这玩意儿外地没得买，虽然它和麻将很相似。这东西在南通普遍到我们经常意识不到它是南通所特有的。

而胖宽原本是我们之中的佼佼者。虽然学得晚，但是胖宽进境非常快，第一年还被我和初中同学虐得满地找牙，第二年就能打遍朋友圈无敌手，只能英雄寂寥地去外面发展了——因为几乎所有和他对打过的人都输怕了，干脆每次都找理由避开他。

从那时候起，胡宽的名声传出来了，一方面他来胡厉害，另外一方面他为了来胡很能胡闹，小到借钱蹭烟，大到打架，可谓闹事不断。

胖宽惹得最大的事情莫过于打了来查赌局的警察。那时候胖宽输了小半个晚上，刚要靠着一次"闷子飘加三老会齐"翻盘，结果被前来查赌博的警察破坏了牌局。胖宽气得扛起椅子挥舞，差不多一米八的身高加上200斤的体重，瞬时间有万夫不当之勇。那天一个从场子里逃出来的"老油条"直夸胖宽仗义："就像那关公再世，一夫当关万夫莫开，好多人趁机跑了呢！"

从看守所出来之后，胖宽对家里人的第一句话却是："乖乖的！闷子飘加三老会齐！我打了一晚上就指着它翻盘了，1600番！就被那些人给搅了局！"

从那天以后，我们就越来越少见到胖宽了，听说他去外地了。至于外地是哪里，那就只有天知道了。唯一不变的事情是，大家伙基本都会回家过年，我们这些老伙计也会聚着打一次长牌。当然，我们打牌都不带钱的，最多计分让输得最多的人买顿夜宵。

可就是一年前的春节，胖宽没有回来。那一次，我们成功发展了老黄的外地老婆，让她接受了南通特色长牌的教育。从一开始的"只来几盘"，到"再来一局"，再到干脆"明天没啥事吧？"，她突然的激情吓得她老公直摇头。然后，老黄给她科普了长牌上瘾可能带来的危害性。

也许是为了加强科普的真实性，他口不择言地说出来一件事："就前两年那个胖宽，他打长牌把家里两套房子都输光了。去年他妈妈找我妈借钱，还没开口先扑通一声跪下了。"

虽然牌技很好，但胖宽确实没通过打牌赚到多少钱。一来他玩不过那些浸淫多年还会出老千的赌棍，二来他时常被抓住，赢的钱就成了赌资被收缴了。但我确实不知道胖宽家里的情况到这样了，至于输掉两套房子，真是闻所未闻。

我们几家的拆迁安置房都选在同一栋。我这才想起来胖宽的家门口似乎少了些东西，我的家里也很少再抱怨胖宽爸爸喝多了走错门。我一开始还以为胖宽一家搬到另一套拆迁房去了。

我向父母求证这件事情，他们确定了真实性，然后教育了我一通，大概意思是我玩得那股票期货和赌博一个德行，搞不好哪天我们家也得倾家荡产，远走他乡。

我说："不会的，股票期货那是国家支持的投资手段，赌博那是犯法的。"

我爸说："那你股票期货赚的是谁的钱？你交易不要交易费吗？幼稚！"

我爸以前是名资深股民，自从在股市上栽了两次大跟头，彻底消停了下来。消停的原因不光是想开了，更多是因为没钱了。要不是城中村改造，估计我爸爸还在当包租公。

我被老爸说得面红耳赤，只好回了一句："那我去哪里赚钱？"

说起来，我们家的家产并不少，两套位置还不错的大房子，老老实实出租着也有不错的收益。但我找工作可就难了，大专学历和没有学历差不多。专业相关的技工不高兴做，那对不起我几百万的身家，至于服务行业那更是没门。大公司不让进，小公司给钱少。爸爸也失去了以前租房的收入。

我倒不心疼这笔收入，因为见过那些浓妆艳抹的租房者，搞不好哪天老爸就被认为是容留卖淫而被关进局子里。

老爸和我的争吵就此为止，反正我是他唯一的儿子，他指望着我养老，也指望着我开心之下给他延续一下香火。就光结婚这件事情上，我们已经吵得不可开交了，老爸可不愿意开辟第二战场。

我的回忆到此为止，新的一年要来了。我望着账户里面一大片绿色的数据，心情满是阴霾。

经济的冬风从中心城市吹来，席卷了它旁边那些小城市。我看到过年时候的南大街也是人丁稀疏，远不是往年的人山人海。

就在我感伤年景不好的时候，胖宽给我打电话了。

胖宽没用常用的号码，而是一串奇怪的字母。我估计他因为怕被追债，故意隐去了号码。

胖宽的声音听起来洪亮了许多，如同电话销售一般精神饱满："老孙啊，现在在哪里呢？"

我看了看周围："南大街，钟楼旁边的公交站。"

"不远。"

我好奇道："怎么了？"

他神神秘秘道："帮我去拿个东西，把它带回我爸妈那儿，到时候你们打长牌的时候带到现场去。"

"啥玩意儿这么神秘，听起来很危险的样子。"

"就是分形体。"他似乎在努力寻找解释的词汇，"相当于能代替我说话、动作的机器人。"

我一下子想了起来："是不是就是中科××智创的云分形一代？"

"这你都知道，够行啊兄弟。"

我当然知道，那是我今年唯二押中的股票，在产品发布会之前，股票五连涨停，只可惜我太贪，总想着多吃几个点，结果在吃了大半个月的阴跌连跌之后，才出了手。

我到了他给我的地址，竟然是南通中学旁边的一个小门面。那个门面原本是一个卖数码产品的，兼营着给青春期的孩子们提供教育片的功能。我走到这里想到往事，不禁唏嘘。不过好在，新的店主居然还是印象里和蔼可亲又有点猥琐的大叔。他第一时间询问我需要什么。

我说："我朋友让我来拿个东西。"

"是胡宽的朋友吗？"

"不是，是胖宽。"我严格按照胖宽说的暗语。

老板笑了，把外面的门暂时关上，熟练地把营业中的牌子翻成了"外出中"。他走向依旧摆着音响的墙边，摸出一个暗门。过了好一会儿，他才从里面出来，拖着一个略显巨大的长条箱子。

在老板的指挥下，我们一阵拆卸，拆出来一个人形机器。老板说这东西安装需要胖宽联网，然后充好电就能走，估计充电时间需要3个小时。不过问题是，厂家并没有提供衣服，所以直接走上街有点麻烦。

我尽力理解老板的话："所以我需要去给它买件衣服？"

"对，衣锦还乡嘛！"

老板给了我衣服的参数，告诉我大概买尺码为175L的衣服就行。考虑到胖宽的形象，再结合我的金钱数量，我决定去八仙城的小店里面转一转。

买完衣服之后，我转念一想，光买衣服也不妥。那机器人如街边衣服店模特一般的外貌，看上去也是相当可疑啊。于是，我又买了墨镜和口罩。

等我回到小店时，眼前的画面让我惊呆了，老板正在和赤裸的机器人打牌，旁边还多了两个不认识的家伙。

"嗨！"机器人的声线听起来很粗。

"你是胖宽？"

机器人点点头："嗯嗯。我是胖宽的分形体，现在是手动驾驶模式。"

老板给我解释了一番，如果胖宽在线的话，机器人会按照他的想法行动。如果他不在线，分形体就会尽量少做事情，只给予基本的回应。

"那别跷着二郎腿了，把衣服穿上。"我命令道。

"等等！我快胡了！"

"胡你大爷，家里房都胡没了！"我咒骂道，把衣服扔到它脸上，"快点，老子晚上还要去相亲。"

"好！好！"机器人摸了一张牌，"胡了！"

"还真胡了！"老板惊奇道。

胖宽的分形体穿上衣服，它的动作非常笨拙，经常需要我帮助才能继续。我知道云分形一代的市场表现并不好，因为操纵起来太费劲了，而且它的功能实在有限。

胖宽的分形体穿完衣服对着镜子说："我这辈子没这么好看过！"

"你瘦个几十斤就可以了。那些也戴上。"我提醒道。

"干吗？弄得和去抢劫似的。"

我说："你现在看上去就和蜡像似的，去街上吓到人怎么办？"

胖宽只好照做了，他重新瞄了眼镜子，不情愿地和我走出门。

我有很多问题想问胖宽，但是那些话似乎都有点尴尬。犹豫了半天，我才说出口："你这是整的什么幺蛾子？"

"回家过年。"

"对，你家现在在哪里？"

"我爸妈租住在长途汽车站那边，有片儿房子还没拆。"

"那好，打个的吧。"我继续追问，"可是你为啥不自己回来？"

"不敢啊，怕被认出来。"

我心下一动："你现在还欠多少？"

"小四十万吧。"他有些不好意思地承认道："其他的债被我爸妈担了，但单就我要还的钱，也不是那么好还的。"

我叹了一口气："你现在在哪里啊？"

"北方某个农村，这里除了成排的麦子和玉米，就只有我和另一个瘪三。活都是机器自动干，我们两个就是看场子的保安。"

"两个人，你们想胡都胡不了。"

他笑了："对啊，所以我手痒啊，一定要回来和你们打牌。"

"我说句不好听的，别打牌了。"我用和父亲一样的口吻劝诫道，"老大不小的了，还完钱就回来找个对象结婚吧。"

"然后呢？"

"然后生孩子啊。"

"先不说我能不能还得上，还上了也还是个穷人。我们兄弟几个，哪个在城市里混得好了？"他反问道。

"老黄吧，他去年刚生的孩子，开小店赚了钱。"

"老黄今年把小店卖了吧？你问问他，他的店卖了多少钱？原来投了多少钱？"

"老许呢？"

"老许你还不知道啊？说是在家里当主播，天天靠打游戏吃饭，我去过他的直播间，估计一年下来赚不到一千块。"

我默然不语，然后就只剩下我了，我的投机事业怕不是还没有前两位靠谱。

"搞不好，我们哪年都要从家乡出去，去其他地方打工。"胖宽总结道，"拆迁给了我们每家几套房，可是房子不能当饭吃啊。当然我们飘飘然，还真觉得自己是个角儿了，我输了钱的时候总是想，家里还有房子，有本钱就能翻盘。"

本质上，我们都是在赌博，胖宽去打牌，我去投机，老黄搞早就式微的个人餐饮店，而老许坐吃山空，赌自己能成为个网红。拆迁房子是本钱，我们却不知道怎么用它们，只好想办法糟践。突如其来的财富让我们都觉得自己是人上人了，可这笔横财让我们过得不见得比刚毕业的大学生们舒坦。

或许，我们这一代还能坐吃山空，那么下一代呢？我想都不敢想这个问题，所以我抵触结婚。我不知道胖宽是不是想明白了什么事情，他除了打牌的时候，也就是个放不出屁的闷葫芦。

思考间，我来到了胖宽爸妈的新家。他们的新家显得有些简陋，旁边一栋房子已经被拆除，前来捡破烂的老人在外面折腾着什么。

胖宽爸妈感谢了我，然后指责胖宽浪费钱。胖宽说租用分行人是贵了一点点，但是这是回来过年的唯一方法。

好奇之下，我问了胖宽，他说租这个机器人过年花了大约3万元。

我感觉怒火一下子从肚子里窜出来，直冲胸口，火辣辣的。"这不是欺负人吗？"我说，"这东西发售报价才2万多。"

"但是我信用负分，没人会卖给我。"

"租得比卖得还贵，真是奸商。是不是就是那个猥琐大叔？"

"是的，只有他能偷偷租给我。"胖宽承认道。

出于为兄弟两肋插刀的心思，我立马窜出大门，打上车，一定要在对方关门之前找到他。

重新回到数码店的时候，老板正好要关门。我一把拉住大门："你给我个解释！"

"解释什么？"

"你租给他要3万？"

老板眼中一阵慌张："你说什么？"

"这东西外面售价也就2万多，你怎么好意思租3万？"我说。

他镇静下来："哦，你说这个。进来谈。"

老板给我倒了一杯茶，他说："如果你非要追究的话，我可以告诉你，但是你不能告诉胖宽。"

"为什么？"

"要是胖宽知道了，可能就不会认真工作了，钱也就永远都还不上了。"老板认真道。他认真的时候，那股猥琐之气彻底消失了，取而代之的是一个精明商人的气息。这位大叔其实从很早开始就洞悉了人们的需求。

"我没懂。"

他拿出了一份合约，上面有他的签名，还有一个签章也似曾相识。

我有点明白了："意思是，你是帮忙要账的？"

"像胖宽这种，欠了一屁股债走人的，真以为能走得掉？"他戏谑道，"别说他了，就是有些本事的人想走，要查也是很简单的。大家都是现代人，要账也得文明点。借钱的人觉得他实在一下子给不出来，分期也不错的。"

"所以，其实多出来的租赁费用是用来还债的吗？"

"是的，这是本店提供的众多分期要账服务中的一种。首先介绍欠债者去远方的机械化农场打工，因为是信用有问题的客户，对方离开农场也没地方可以跑，然后利用对方想回城过年的想法，提供分形体租赁服务，当然租金就不便宜了。"老板解释道。

"可是，他们自己知道吗？如果还了很多年的钱，还以为自己欠着一大笔钱，你大可以说他没还完，这不是坑他们吗？"

老板笑了："就这些狂赌烂嫖的烂人，你让他知道自己没债了会怎么样？我在考虑和银行合作，给他们再来份养老保险什么的，以后多还的钱直接就成了商业保险……"

我对于老板的宏伟商业模式毫不感兴趣，仅仅是敬佩他的想象力。大概兄弟几个不可能有人像他这么有出息，虽然原本我们是同样的人。

城市在日新月异地变化，技术发展到已经不需要低端劳动力，我们这些城市中的边缘人连回农村的选择都没有。我问老板要了根烟，向他保证说不会告诉胖宽，但是也威胁他必须在胖宽还完欠款后告诉他。

离开老板之后，我突然感觉非常难过，却不知道难过的原因是什么。

新年还是要过的，所有人都相信明年会变好，并非有什么依据，而是只能选择相信。走亲访友，熟悉的觥筹交错。原本要跑上大半个城中村的访亲活动，现在集中在同一栋楼里面完成。我突然觉得我们上上下下地串门，就像巢穴中的蚂蚁一样。

我有点羡慕胖宽，起码他终于放下了城里人的矜持，去找了份工作。

一年一度的牌局，我又能见到胖宽的分形体了。今年的牌局变成了五个人参加，老黄和他的妻子轮流参加，胖宽看起来志在必得。他特意吹嘘了一番分形体，说自己在外地忙得回不来，只能用现代高科技代替自己了。

大家没有点破，只是专注于牌局。我成功地自摸了一把，然后一直输。老许时不时打开手机，和他的铁杆粉丝互动一下。而老黄忙着指导妻子，妻子则忙着申明自己打得比老黄好，他才是臭手臭牌运。而胖宽呢，基本没胡过大的，只有几十番的塌胡。一切好像什么都没有变，一切又好像都变了。长牌上的人物画看着我们，冷冷地见证着时代变迁。

这一天的牌局到半夜就结束了，我负责送胖宽的分形体回家。

城里城外到处都有人在放烟花，呛人的硝烟让整座城市恍若战场。然而这一切胖宽都感觉不到，熟悉的街道和崭新的城市交织着，他似乎颇有感慨："来胡，天成最大。一般是头家才可能天成。"

"嗯，确实很少有。"

"我没成过天成。其实我有一次机会，但是犹豫了一下，那时候刚打牌没多久。我知道不能胡那么大，人应该有自知之明。"他笑了笑，继续说，"可是那些赌棍，靠作弊能有天成，他们迟早不得好死。我不恨他们，他们自有天收。"

"你打算怎么办？"

"攒钱还钱，然后开个农场吧。我还是挺喜欢现在的工作的，既然种地不用自己亲自下田干活儿，和做城市白领好像也没多少区别。我手上还有这张牌，它可以胡个塌胡，这就够了。我会娶个妻子，生个孩子，我会教他长牌，但是仅仅是为了告诉他，父亲是从哪里来的。到那时候，我可以不用分形体，光明正大地回来过年。我喜欢你用的词，衣锦还乡。"

那是老板首先用错的词。我们都知道衣锦还乡的本意，因为误用而相视一笑："嗯，是的。但就是你要每年从农村回城市过年了，和大家都相反。"

"你呢？"

我不知道，我只知道不能再待在舒适区，要不然每年过年都是缅怀过去，感觉愧对了这片土地的养育。

人总是要向前看的。做出外出闯荡的决定也只是时间问题，我并不曾期望过衣锦还乡，我并没有那么贪婪，只是希望有价值地认真活着。我忍住了一时激动，决定保守老板的秘密。

城市的风竟然带来了一丝暖意，我坚信，明年会更好的。

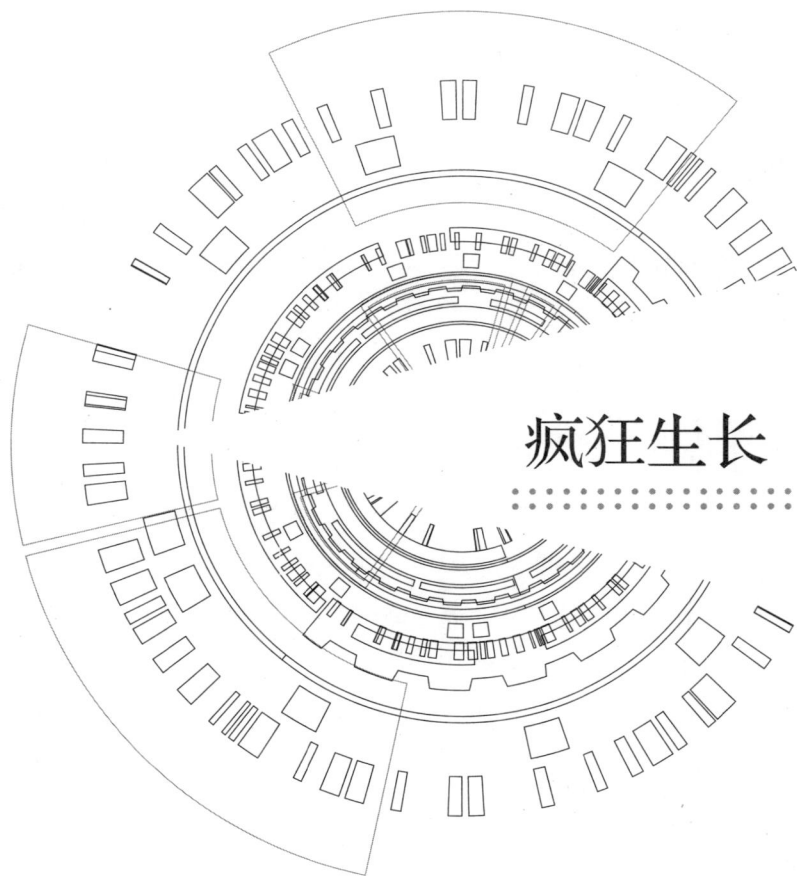

疯狂生长

一切，都在疯狂生长。

窸窸窣窣的声音从四面八方传来，如同潮水一般。她的身躯在震颤中扭转，某种强大的力量在颠覆她生长的地方。强烈的危机感让她迫不及待地要撕裂曾经安全的庇护所。

她没有更多的选择，只能疯狂生长。她知道这是不正常的，但却又是正常的。她感知到无数电信号，里面有手足无措的求救，也有凄凉崩溃的哀求。他们是谁，她不知道，只是隐隐约约有点印象。

在幽深的空谷之中，巨大的花朵绽放了。她的芳香传遍了每一个角落，那些窸窸窣窣的声音一度停止，然后更加疯狂了。

"不！"她惊呼出声，但生长已经停止了。清幽的芳香迅速退却，身体上那些温润的部分开始腐朽。

"别害怕，昙花。"冷冷的机械音，和她所听过的一切都不一样。在幽深的空谷之中，那个声音的主人显露出形态——一只面目可憎的机械爬虫，穿上了绿色的迷彩，在她的世界之外凝视。她本能地释放出预警危险的信息素，虽然这并没有阻止它想做的一切。

昙花？她想起来了，自己就是叫这个名字。机械爬虫熟练地割去那些腐朽的部分，把她的身体举了起来。

她第一次睁开了眼睛，看到了自己洁白如玉的身躯，还有机械爬虫那张没有表情的脸。

"我带你离开这里。"机械爬虫吐出一张巨网，把她紧紧包裹住。它抖了抖浑身的甲片，发出噼里啪啦的声响，仿佛在恐吓着什么。

昙花被它驮到背上，感受空气在气孔间快速流动。机械爬虫在枝条间飞掠，当然它不会飞，但是行动轻盈敏捷。她在脑海中回想究竟发生了什么，一切都发生得太快了。

"我叫昙花，是探索队长阿尔文的女儿，在此之前，我一直健健康康地长大，直到那些东西疯狂生长……"她反反复复地念诵着，仿佛是某种魔咒。从最开始的磕磕巴巴、犹豫不决，到越来越熟练，一段时间后，她甚至能倒背如流。

她甚至开始明白自己的名字，昙花、昙花，昙花一现。

机械爬虫被击中了，在空中失去了平衡。它重重地栽倒在地上，差点把昙花甩出去。无数的新芽缠向它的肢体，那些边缘的甲片一触即碎，新芽们贪婪地把那些碎片融合到自己身上。

"快跑啊！"昙花大声呼喊道，她祈祷命运女神的眷顾。不知道是不是祈祷起了作用，上方的一个蒴果突然爆开，射出无数的子粒。那些新芽因为疼痛而剧烈扭曲，其中一些甚至直接枯萎。

机械爬虫重振旗鼓，它舍去了保护身体的甲片，再次扛上昙花，向上飞掠。

在它的身后，那个蒴果失去了所有的依托，被带刺的藤条碾压、凋落。他用尽生命发出了最后的信息："快跑啊，昙花！"

昙花泪流满面，她甚至没看清楚帮助她的是哪一位。总之在这场赛跑之中，所有东西都在疯狂生长。光线亮了一些，她看到那些峭壁之上到处都是缠斗在一起的枝条和藤条。无论是哪一片战场，只要机械爬虫还没有经过，就绝对不会分出胜负。

"快跑啊，昙花！"那句简单的话语在窸窸窣窣的生长声和腐朽崩溃的碎裂声中，是那么温情。他们都在为她争取时间，为此不惜疯狂生长。

"谢谢！"

"谢谢！"

"谢谢！"

……

她越说越想哭，在这场大逃亡之中，只有她可能成为幸存者。

阳光，她终于感觉到了阳光。机械爬虫的网晶莹发亮，高分子化学物坚韧透光，美得不可方物。昙花仿佛置身在美丽的水晶宫。但她的皮肤起了反应，一丝丝绿色在双臂上泛起。"不，这不应该！"她吓得又喊又叫，好在那些绿色很快就消失了，因为阳光突然又消失了。

"我们快到了。"机械爬虫冷冷地说，只是它的身躯不再轻盈。昙花隐约感知到，机械爬虫的后腿，正在被缓慢撕裂，发出濒临破碎的声响。

最后一跃，机械爬虫狠狠地摔倒在地上，也把背上的昙花甩了出去。昙花打了好几个滚，撞在坚硬的物体上。

爬虫吐出一口黏液，然后那些网终于被消解掉了。昙花终于站了起来，她纯净洁白的身躯罩上了一层薄衣，似乎是刚刚生长出来的。她终于看清楚坚硬的物体是什么样子，竟然是婴儿的形象。只不过它拥有令人生厌的色泽，早就已经死去了，彻底地木质化了。即使身体的其他部分依旧活着，它也只不过是被线牵着的傀儡，只会疯狂生长。

她苦涩地笑了笑，人类估计无法理解，为什么人类能从地里面长出来？

她突然想起来一直在重复的那些话："我叫昙花，是探索队长阿尔文的女儿，在此之前，我一直健健康康地长大，直到那些东西疯狂生长。我来寻求你们的帮助，不论你们是否相信，这些鬼东西将毁灭这颗星球，请求你们救救我们！"

茂密的树林在风声中战栗，无数的声音在恐吓着逃亡者。昙花早就见识过它们的残忍，她也不会请求宽恕或者怜悯。

"你，还能一起走吗？"昙花问身后的爬虫。

"不能了。"爬虫冷冷地说，它依旧倔强地支起前半身，仿佛骄傲的小马驹。

幸好它没有痛觉。昙花看到爬虫耷拉在地的下半身，已经被嫩芽钻得支离破碎。

"谢谢你。"她经历了太多的离别，语言中凭空多出了一分沧桑。只可惜，机械爬虫听不出来。

太阳光从云层中钻出，照射在昙花的身上。她伸出了双手，开始享受冲刺前最后的宁静。洁白的躯体出现了一抹绿色，接着蔓延到全身。她没有惊慌，深吸一口气，跑！

整片森林苏醒了！无数木质化的孩童在诡异地嘲笑着不自量力的逃跑者。藤条的嫩芽在疯狂生长，它们从枝头挂下，打起了卷儿，尖端处嫩绿的幼芽在恶心地蠕动着，伺机捕捉下一个受害者。

昙花跑得并不比机械爬虫快，但她依旧有优势。她现在散发出的香味能麻痹十米以内的敌人，而敏捷的身手让她不会主动撞上那些晕乎乎的幼芽。但那些复杂的高分子信息素并不是无穷无尽的，只能短暂地改变态势。

那些家伙发现了她拥有的特殊能力。稚嫩的部分开始伸长，互相勾结，然后木质化。整片森林在用尽全力生长。那些藤条在空中交错，试图结成网，从四面八方封堵逃亡者。

她拥有的时间不多了，必须在用完气体之前，也必须在藤条封锁一切出口之前，冲进祖先们曾经乘坐的飞船。

"快跑啊，昙花！"她在心中对自己大吼道。

她终于冲出了那片死亡森林，但是下一刻看到的东西简直让她绝望。她面前是一片直径四十米的圆形草地，中间矗立着一个神秘物体。

定位显示是这里，没错。那是先祖曾经乘坐过的飞船，他们依靠它飞行过上千光年，最终找到这里定居。出于尊敬，任何一位后代都不会在一定距离内安家，所以才会有这片草地。只不过，飞船外面密密麻麻地覆盖着藤条，甚至已经看不出飞船原本的形状。她拥有的知识告诉了她如何打开大门。但是，这道防线太密集了。

如果有一把趁手的斧子，或者一个火把，也许她能尝试一下。听天由命吧！她冲向木质化的藤蔓，用手使劲儿拉扯，想硬生生开出一条路。

"住手！你是谁？"藤蔓突然说话了。

"我是昙花，是探索队长阿尔文的女儿。"

"我是阿尔文队长的手下，我是飞船的守护者。"藤蔓说道，"你为什么要侵入禁地？"

"因为它们在疯狂生长，那些和你长得很像的家伙。如果我不进去求救，所有人都会死的！"昙花声嘶力竭地吼道。她已经听到了那些窸窸窣窣的声音，那些东西正在缩小包围圈。

"我知道它们……严格来说，它们应该是同我一个类型的实验产物，但显然，它们出现了某种问题。"守护者似乎认真思考了一下，"我可以放你进去，但你得割开这些藤蔓，我没办法移动已经木质化的部分。"

昙花高兴了不少，但依然愁眉不展："大叔，你就没有点趁手的家伙吗？"

"有啊，这肯定有啊！要不然我怎么保护禁地？"守护者自满地说道。

草地边缘冒出一批根茎，尖端都缠绕着某种利器。昙花随手拿了一把消防斧，朝遮挡着舱门的木质化藤蔓砸过去。

"哎哟哟，不愧是阿尔文的女儿，好臂力！"守护者吃痛道，"你快点，我帮你拦住这些。"

它挥舞着各式工具，从大剪刀、军工铲到枪械不等，吃力地处理着疯狂生长的藤蔓，一边承受着昙花的斧劈，时不时发出痛楚的哀号。

昙花终于找到了入口，她按照记忆中的方法解除锁定，然后打开舱门。藤蔓的断口划伤了躯体，但她没空处理，几乎是挤着进入了飞船。

"关闭！"她命令道，"开启通信装置，我要求救。"

"应急程序启动，请问是否需要留言。"

"是。"

"留言开始。"

昙花想起来路上的艰辛，以及那么多人的话语，就只是为了这一刻，不由得有些伤感："我叫昙花，是探索队长阿尔文的女儿……"

说完那些，她再也压制不住困意，彻底陷入了沉睡。

在飞船外面，无数藤蔓缠绕着疯狂生长，如同蛇一般向上游走。仿佛是为了挑战什么，它们没有停止。

二十米、四十米、六十米……

直到达到了临界点，突然所有向上生长的藤蔓都支撑不住，四散而开。它们柔嫩的部分快速木质化，迅速失去了生机。

"醒醒！"

"肾上腺素准备！"

昙花再次苏醒时，发现身边围了好几个人，他们穿着她没见过的制服，很关切地看着她。她想开口说话，无奈全身无力，无法开口。

"请先好好休息，我们正在准备营养液。你的身体太虚弱了，真不知道你在这里独自生活了多久。"为首的男人说。

昙花被他们推到旁边的隔间，机器将为她插上输送营养液的软管。

"这件事情还是有些奇怪，士官长。"

士官长沉吟片刻："人在不吃不喝的情况下，能生存多少天？"

"某些改良种可能存活2个月。但是，这边的食物系统已经几十年都没有启动过了。而我们是3年之前收到的信号。"

士官长扫视飞船："算了，还是不多猜测。你们还发现了什么吗？还有其他幸存者吗？"

"报告，飞船周围藤蔓的监测报告已经出来了，辐射量很大，基因型和已知的任何品种相关性不超过80%。"

"继续搜查。"

士官长这么说，说明他们也没弄明白发生了什么。当时他们收到求救信号，火急火燎地赶到这颗星球，到了这边却发现只是一个安静祥和、遍布绿色的行星。他们确实查到了阿尔文和他的探索队的信息，但那信息太过久远，更像是上两辈人的记忆。

"阿尔文，'和平之梦'探索队的负责人，承接AH392451d星的探索殖民任务，他的所有队员都是'和平之梦'的成员。"

"'和平之梦'是什么组织？"有人问到。

"登记材料上说是一个环保组织，致力于保护植物。"

　　昙花把那些话都听在耳朵里，她很想提醒这些无知的闯入者，那些看上去人畜无害的植物是如何疯狂生长的。当然，她也知道自己身上有无数的谜。在发送完求救信息之后，又发生了什么，她在昏睡中活了多少年？她对这些都是一无所知。

　　"快跑啊，昙花！"她隐隐约约听到心中的呼喊，更加惶恐和茫然。她下意识看了一眼下半身，发现自己的小腹微微鼓胀。

　　一丝不祥的感觉爬上了她的心头。

　　休息了一天多，她终于有力气说话了。她首先找到士官长，告诉他："小心那些藤蔓，它们杀死了好多人。"

　　士官长摇了摇头："你是说这些植物会攻击人？"

　　昙花需要证据，她想起来一公里之外的大洞，以及那些木质化的儿童躯体。她要告诉无知的外来者们，事情的真相："它们会攻击人。可能你不相信，我们所有的人，都是从植物里面长出来的。你千万别被它们的外表欺骗了。"

　　"等等……你是说，人能从地里面种出来？"

　　"没错，可能是我的父亲主导了改造，这里所有的植物都是人，所有的人都是植物。"

　　士官长将信将疑，他招呼上手下，带上武器和挖掘机器人，按照昙花的说法，只要他们往地下挖几十厘米，就有可能看到木质化的人形块茎。

　　幽深的森林，无数的藤蔓在空中横跨，给开路的人带来了一点麻烦。他们找到了她所说的巨洞，但那里面却长出了一棵巨树，只有边缘还没被树干填满。他们又顺着周围小树的根往下挖，但是却只挖到了圆形的块茎，和地球上原生的土豆或者番薯没有太大区别。

　　他们在这里扎下临时营地，研究了一个星期，直到所有的队员失去耐心。

有人为昙花辩护道："她可能没有说谎，只是过久的饥饿让她精神错乱了。更何况，她似乎怀孕了，孕妇有精神压力也是很正常的。"

没有人提，为什么昙花突然怀孕了？那太过诡异了，也太过有道德风险。

士官长此刻正在给块茎取样。他们的分析表明这颗星球上的特殊品种的树能长出营养丰富的块茎，符合大多数人类亚种的营养需求，值得去其他地方推广。至于昙花，他真的不会再相信她的任何一句话。她的记忆错误凌乱，比如她说自己在这里生活多年，但对于生活细节却一点都不记得。也许那些失踪的人正是因她而死也不一定，谁说得准呢？

至于失踪的阿尔文等人，士官长摸了摸脑袋，鬼知道他们怎么样，再说按照年龄，他们也早该消失了。再过两天，他打算带队回去报告。

出于人道主义，他晚上去探访昙花，发现她隆起的腹部又大了许多，其中似乎有某种奇怪的颜色。

那是什么呢？在他的脚边，几根幼小的嫩芽钻出了泥土表面。

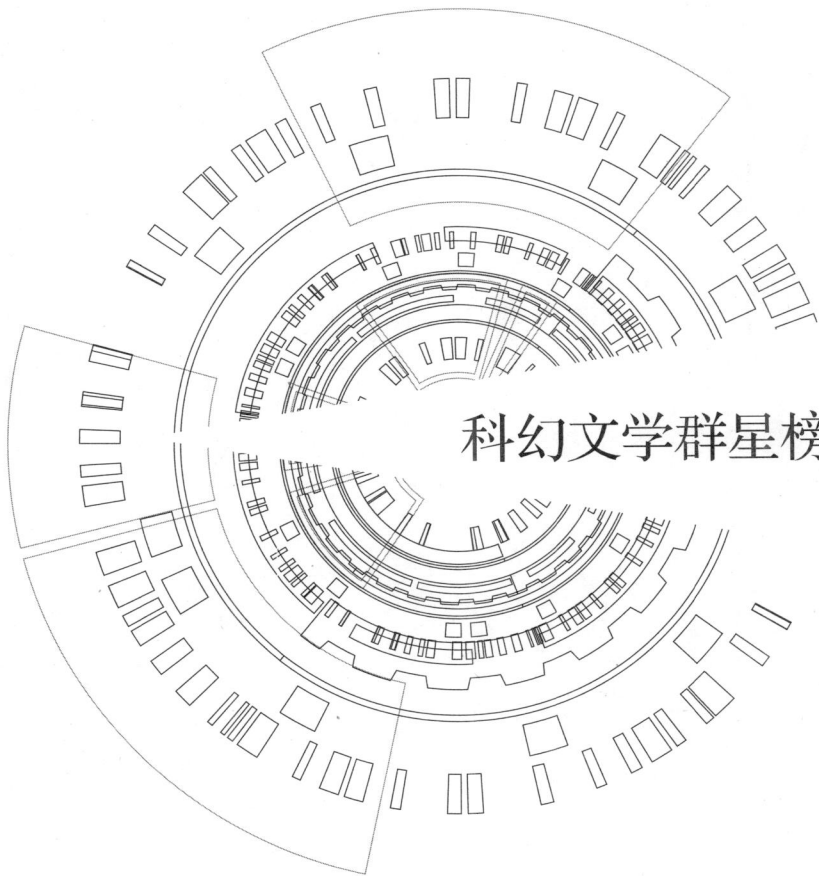

科幻文学群星榜

序号	作者	书名
1	郑文光	侏罗纪
2	萧建亨	梦
3	刘兴诗	美洲来的哥伦布
4	童恩正	在时间的铅幕后面
5	张静	K星寻父探险记
6	程嘉梓	古星图之谜
7	金涛	月光岛
8	王晋康	生死平衡
9	刘慈欣	纤维
10	潘家铮	子虚峡大坝兴亡记
11	韩松	青春的跌宕
12	星河	白令桥横
13	凌晨	猫
14	何夕	异域
15	杨鹏	校园三剑客
16	杨平	神经冒险
17	刘维佳	使命：拯救人类
18	潘海天	饿塔
19	拉拉	永不消逝的电波
20	赵海虹	月涌大江流
21	江波	自由战士
22	宝树	人人都爱查尔斯
23	罗隆翔	朕是猫
24	陈楸帆	动物观察者
25	张冉	灰城
26	梁清散	欢迎光临烤肉星
27	七月	撬动世界的人于此长眠
28	杨晚晴	天上的风
29	飞氘	讲故事的机器人
30	程婧波	第七种可能
31	万象峰年	点亮时间的人
32	长铗	674号公路
33	迟卉	蛹唱
34	顾适	为了生命的诗与远方
35	陈茜	量产超人
36	刘洋	单孔衍射
37	双翅目	智能的面具
38	石黑曜	仿生屋
39	阿缺	收割童年
40	王诺诺	故乡明
41	孙望路	重燃
42	滕野	回归原点